Andreas Diller

Zeitreise rückwärts

32°52'50"N 35°34'10"E – Kapernaum, Jahr 30

Calwer Verlag Stuttgart

Bibliografische Information der Deutschen Bibliothek

Die Deutsche Bibliothek verzeichnet diese Publikation in der Deutschen Nationalbibliografie; detaillierte bibliografische Daten sind im Internet über *http://dnb.ddb.de* abrufbar.

ISBN 978-3-7668-4653-2

Redaktion: Karin Klem, Calwer Verlag
Satz und Herstellung: Karin Class, Calwer Verlag
Umschlaggestaltung und Grafik: Rainer E. Rühl, Alsheim
Smilies: © ProStockStudio/Shutterstock.com
Druck und Verarbeitung: OSDW Azymut
Internet: www.calwer.com
E-mail: info@calwer.com

Inhalt

Kapitel 1: Eine seltsame Nachricht

Endlich waren die Hausaufgaben erledigt. Simone atmete hörbar auf, räumte ihre Schulhefte in den Rucksack und holte sich ihr neues Smartphone aus der Küche, wo sie es während ihrer Arbeitszeit immer ans Ladekabel hängen musste. Nervig, aber ihre Mutter war da sehr streng. Jeden Tag, nach den Hausaufgaben, fieberte sie darauf, sich in „MeetMe", der neuesten Social-Media-Plattform, einzuwählen. Sie wartete sehnsüchtig auf ein Lebenszeichen von Nele. Ihre beste Freundin seit dem Kindergarten war nach den Weihnachtsferien ans andere Ende Deutschlands gezogen, nach Hamburg. Eigentlich hatte sie versprochen, sich täglich zu melden, sobald sie im neuen Haus eingerichtet waren, aber bisher hatte Nele nichts von sich hören lassen.

Acht neue Posts wurden angezeigt. Simone öffnete die Chats und ging rasch die Absender durch. Wieder war keine Antwort von Nele dabei, obwohl Simone ihr schon fünfmal geschrieben hatte. Nele hatte wohl sehr schnell ihre Freundschaft vergessen. Simone spürte, wie ihr die Enttäuschung im Hals saß. Sie biss sich auf die Unterlippe, wie sie es oft tat, wenn sie sich zornig oder traurig fühlte.

Im Klassenchat gab's nicht Besonderes. Eine Klassenkameradin wollte von ihr wissen, was sie in Englisch für Hausaufgaben aufhaben. Sie schrieb ihr schnell die Seiten mit den Vokabeln, die zu lernen waren. Ein paar Posts waren von ein paar Chaoten aus der Paraklasse. Was wollten die von ihr? Sie wischte die Namen der Reihe nach weg zum Löschen. Den siebten Namen hatte sie schon mit dem Finger zur Seite geschoben, da stutzte sie. Das klang seltsam. „Chrononaut". Was bedeutet das? Niemand, den sie kannte, nannte sich so. Sie zog die Meldung zurück und öffnete sie.

Hi Timebase. Schönen Gruß aus der Vergangenheit. Kai.

stand da. Und darüber eine kurze Meldung, auf die das offensichtlich die Antwort war:

Hallo Chrononaut. Alles ok?

Neben dieser Meldung stand ein Datum: 12.03.2124. Sie stutzte. Heute war der 12. März 2024. Aber hier stand 2124. Als hätte sich jemand bei den Zahlen vertippt: 2124 statt 2024.

„Komisch", dachte sie, „wer schickt mir so eine Nachricht? Was soll das? Einen Kai kenne ich doch gar nicht."

„Vermutlich irgendeine blöde SPAM-Nachricht", dachte sie und wollte sie schon zum Löschen wegwischen, da gab ihr Handy einen leisen Pling-Ton von sich und es erschien eine weitere Nachricht auf dem Bildschirm:

Klar doch, ich weiß schon, dass ich zehn Minuten später einstellen muss. Ja, es ist Bethlehem, 24. Dezember, Jahr 1. Hat alles geklappt, wie geplant. Die Zeitmaschine funktioniert super. Nur kein Kind in der Krippe. Bis gleich, Kai.

Simone starrte verwirrt auf die Nachrichten. „Gruß aus der Vergangenheit klingt spannend", dachte sie.

Sie las die Zeilen noch einmal, aber sie verstand nur Bahnhof: Was sollte denn das? Zeitmaschine? Bethlehem? Und was war denn das nun für ein Datum? 24. Dezember im Jahr 1? Da gab's doch noch gar kein Social Media. Und das andere Datum war genauso komisch. 2124. Das liegt doch hundert Jahre in der Zukunft.

Na ja, auf jeden Fall war diese Nachricht wohl nicht an sie gerichtet. Da muss irgendwas fehlgeleitet worden sein. Aus purer Neugier beschloss sie, diesem Kai eine Antwort zu schreiben. Simone tippte in die Antwortzeile und schrieb:

Hallo Kai oder Chrononaut oder wer auch immer! Ich habe deine Nachricht bekommen. Aber ich bin nicht Timebase. Du musst sie wohl nochmal verschicken.

Sie tippte auf das Senden-Symbol und starrte danach eine Weile auf den Bildschirm. Dann fügte sie eine weitere Nachricht dazu:

Bist du Science-Fiction-Fan oder was soll das mit der Zeitmaschine? Ich bin übrigens 12 Jahre alt und habe gerade zu Weihnachten mein erstes Smartphone bekommen. ☺ Simone.

Ein Fingertippen und die Nachricht war raus. „Shit!" Im selben Moment erinnerte sich Simone daran, was ihre Lehrerin neulich erst über die Gefahren des Internets gesagt hatte. Nie irgendeinem Fremden den Namen oder sein Alter verraten. Aber nun war es zu spät. Immerhin hatte Simone nicht geschrieben, wo sie wohnte. Was sollte man schon mit einem Namen und einer Altersangabe anfangen? Wahrscheinlich hatte die Nachricht sowieso nichts zu bedeuten. Sie beschloss, das Ganze zu vergessen.

Aber der Gedanke daran ließ sich nicht so einfach abschütteln. Als Simone im Bett lag, kreisten ihre Gedanken wieder um die rätselhafte Nachricht. Was diese Worte wohl zu bedeuten hatten? Kam der Post wirklich aus Bethlehem am 24.12. im Jahr 1? Nein, das war ja völlig ausgeschlossen!

Die nächsten Tage war Simone immer gespannt aus der Schule gekommen und konnte es kaum erwarten, ihre Meet-Me-Posts aufzurufen. Einmal meldete sich Nele. Immerhin, ein Lebenszeichen. Aber außer, dass es ihr gut ging und dass Hamburg total cool sei, hatte sie nicht viel zu sagen. Danach war Funkstille. Und von diesem Kai war auch nichts zu hören. Der März verging, mitsamt den Osterferien, ohne dass irgendetwas Aufregendes geschah.

Simone trauerte ein wenig darüber, dass ihre beste Freundin weg war, und sie tat sich schwer damit, neue Freundschaften zu beginnen. Die anderen Mädchen aus ihrer Klasse waren schon in festen Gruppen zusammen. Sie und Nele waren eine kleine Gruppe für sich gewesen. Nun fühlte sie sich allein und sie traute sich nicht so recht, andere einfach anzusprechen und sich nach der Schule zu verabreden.

„Ein bisschen bin ich selbst schuld", gestand sie sich ein. Solange Nele da war, war ihr das genug gewesen und sie hatte keine Notwendigkeit verspürt, auf andere Mitschülerinnen zuzugehen. Das hatte immer Nele übernommen, die war da ganz anders als sie. Mit ihrer lockeren und offenen Art konnte sie mit allen, und die Kontakte mit den anderen waren immer über Nele gelaufen. Simone war das ganz recht gewesen. Sie war immer die Stillere, die erst zweimal überlegte, bevor sie auf andere zuging. Aber nun war Nele weg.

Simone wusste, die Freundschaft mit Nele würde sich wohl nicht mehr weiter aufrechterhalten lassen, selbst wenn sie sich mal wieder melden würde. Die Entfernung war einfach zu groß und sicher hatte sie schon neue Freundinnen gefunden. Nun musste sie selbst aktiv werden.

Sie nahm sich vor, gleich morgen Ayla und Mia zu fragen, ob sie Lust hätten, sie zu besuchen. Nur zuhause zu sitzen und ins Smartphone zu glotzen, war jedenfalls auf Dauer zu langweilig. Und so geriet auch der seltsame Post von Chrononaut langsam in Vergessenheit. Es gab Wichtigeres. Nach und nach gelang es ihr, dass die anderen sie als Freundin akzeptierten.

Nach der langen Regenperiode im Mai und den ersten Junitagen stellten sich langsam Sommertemperaturen ein und Simone freute sich darauf, mit den anderen Mädchen aus ihrer Klasse ins Freibad zu gehen. Ayla und Mia und noch ein paar andere wollten in MeetMe eine Uhrzeit verabreden und Simone schaute nach, wann sie sich treffen wollten.

Und da war sie wieder, diese Nachricht aus der Zukunft. Wieder dieser Name: Chrononaut. Diesmal war der Post datiert vom 15.06.2124. Kai hatte eine Antwort geschrieben:

> **Hi Simone, danke, dass du die Nachricht weitergeleitet hast. Ich habe sie erst erhalten, als das Shuttle schon wieder zurück war. Irgendwas funzt nicht mit der Datenübertragung in die Vergangenheit und zurück. Müssen wir wohl noch überarbeiten. Was das mit der Zeitmaschine soll? Na ja, ich war gerade auf einer Reise in die Vergangenheit. Mit einer Zeitmaschine. Aber es gibt noch Probleme ...**

Simone schickte eine Reihe von fragenden Smilies. 😳😳😳

Kai erzählte ihr noch, dass er dreizehn Jahre alt sei und sich für Computer und Technik interessiere. Sein Opa sei ein berühmter Wissenschaftler und er wollte das auch einmal werden.

„Angeber!“, dachte Simone und schickte einen weiteren Smilie 😜, aber es kam noch besser. Sein Opa hatte angeblich eine Zeitmaschine konstruiert. Diese sei zwar noch ein Prototyp, aber in ein paar Wochen oder Monaten wäre wohl alles soweit, dass er sie mal damit besuchen könne. Simone las den Post noch einmal.

„Eine Zeitmaschine! Tickt der noch richtig? Das ist doch wohl ein Scherz“, dachte sie. Sollte das der Dank dafür sein, dass sie ihm diese blöde Nachricht weitergeleitet hatte?

Auch beim dritten Lesen wurde Simone einfach nicht schlau daraus. Es hörte sich vollkommen unsinnig an und gleichzeitig schien er es wirklich ernst zu meinen. Simone konnte keinen Hinweis entdecken, dass sich dieser Kai einen Spaß mit ihr erlaubte. Mittlerweile hatten die Mädchen aus ihrer Klasse einen Treffpunkt und eine Uhrzeit ausgemacht und sie schaltete ihr Handy aus, um ihre Badesachen zu packen. Aber Kai ging ihr nicht aus dem Kopf.

„Das ist doch völlig gesponnen“, dachte sie sich. Was für ein komischer Typ. Na ja, Jungs konnten oft seltsam sein. Aber dieser Kai war schon die Krönung. Aus ihrer Klasse hatte jedenfalls keiner so abgedrehte Einfälle.

Was Kai von sich erzählte, klang völlig glaubhaft, als sei er ganz selbstverständlich davon überzeugt, im Jahr 2124 zu leben. Nach seinen Angaben zu urteilen, wohnte er sogar in derselben Stadt wie Simone, nur in einer Straße, von der sie noch nie gehört hatte. Feldbergstraße 12 – sie hatte sofort die Adresse in Maps eingegeben, aber die Straße gab es nicht.

Selbst im Schwimmbad ließ sie diese Nachricht nicht los. Aber je mehr sie darüber nachdachte, desto komischer fand sie die ganze Geschichte. Das konnte doch einfach gar nicht sein. Vielleicht war ja dieser merkwürdige Kai gar nicht der, für den er sich ausgab. Wahrscheinlich war es jemand aus ihrer Schule, und er hatte sie nur reingelegt und amüsierte sich jetzt köstlich bei der Vorstellung, dass sie eine Straße suchte, die es gar nicht gab.

Vielleicht wohnte er auch gar nicht in ihrer Stadt und es war nur ein Versuch, sich interessant zu machen. Oder es war möglicherweise gar kein Junge in ihrem Alter, sondern irgendein Typ, der Mädchen anmachte. Aber andererseits – irgendwie hatte sie ihm die Geschichte abgenommen. Einer, der Kinder verführen will, der würde doch nicht so etwas Verrücktes erfinden. Eine Zeitmaschine! Wieder schaltete sie ihr Handy an und starrte minutenlang auf die Nachricht. Es klang wirklich vollkommen ernsthaft.

Simone entschied sich, dass Kai wohl schon ein Junge in ihrem Alter sein musste. Aber entweder war er ein ziemlich durchgeknallter Spinner oder er hatte eine Menge Phantasie. Dann könnte es vielleicht auch ganz interessant werden, ihn kennenzulernen.

Oder – wenn es nun doch stimmen sollte, was er schrieb? Ihre Neugier siegte langsam über ihr Misstrauen. Was sollte schon groß passieren, wenn sie ihm nochmal antwortete?

Hallo Kai, wenn du das ernst meinst und nicht ein blöder Angeber bist, dann besuch mich doch mal. Wir wohnen übrigens in der gleichen Stadt. ...

Sie gab ihre Adresse ein und drückte auf Absenden. Im gleichen Moment bereute sie, was sie geschrieben hatte. „Was mach ich bloß, wenn er wirklich hier aufkreuzt?“

In den nächsten Tagen waren ihre Nerven aufs Äußerste angespannt, aber nichts geschah. Keine Nachricht. Langsam beruhigte sie sich wieder. „Vielleicht hat er selber Schiss bekommen. Er weiß ja schließlich auch nicht, wer ich bin.“

Zwei Wochen vergingen, und dann kam die Antwort von Kai. Simone traute ihren Augen kaum: In zwei Tagen wollte er kommen. Samstag Vormittag, um 10 Uhr. Samstag Vormittag würde sie allein sein, da gingen ihre Eltern meistens auf den Markt zum Einkaufen. Auch das noch. Was sollte sie jetzt bloß machen? Andererseits hatte sie ihren Eltern sowieso nichts von der Geschichte erzählt, weil ihr das Ganze doch etwas peinlich war. Als sie am Freitag Abend ins Bett ging, hatte sie ein komisches Gefühl im Magen.

„Hoffentlich habe ich jetzt keinen Blödmann eingeladen, den ich nie wieder loswerde“, dachte sie. Sie überlegte, ob sie ihrer Mutter doch noch von den seltsamen Nachrichten erzählen sollte, aber sie verwarf den Gedanken wieder. „Das muss ich alleine schaffen!“, sagte sie sich. „Ich schau aus dem Fenster und wenn jemand kommt, dem ich nicht traue, dann mach ich einfach nicht auf.“

Simone ging ans Fenster und schaute hinaus, als würde gleich ein Junge mit Zeitmaschine um die Ecke brausen. Es war alles wie immer.

„Hätte ich mal besser die Adresse von den Nachbarn gegenüber angegeben, nur für den Fall der Fälle. Das sind alte Leute, die würden sich höchstens wundern und dieser Typ dann auch. Und ich hätte erst mal in Ruhe beobachten können."

Der Samstag kam und Simones Eltern verließen, wie gewohnt, gegen 9 Uhr das Haus. Simone war allein und langsam wurde sie immer aufgeregter. Wie er wohl aussehen würde? Ob sie sich gut verstehen würden? Immerhin war er ein Junge und mit den Jungs aus ihrer Klasse hatte sie nie besonders viel anfangen können. Sie legte sich am Fenster ihres Zimmers im oberen Stockwerk auf die Lauer. Eine halbe Stunde lang ließ sie die Straße nicht aus den Augen, aber nichts Auffälliges war zu sehen. Nur ein Nachbar ging vorbei, der seinen Hund ausführte.

Der Wecker an ihrem Bett zeigte 10 Uhr, aber nichts war geschehen. Sie fühlte sich gleichzeitig enttäuscht und erleichtert. Ihre Anspannung löste sich langsam und sie beschloss, in die Küche zu gehen und sich etwas zu trinken zu holen. In diesem Moment hörte sie unten ein Geräusch an der Tür. Was war das? Da rief jemand. Sie hatte niemanden kommen sehen. Wie konnte das sein? Sie hatte doch keinen Augenblick die Straße aus den Augen gelassen.

Simone rannte die Treppe hinunter und spähte vorsichtig durch das Türglas. Durch das geriffelte Glas konnte sie die schmale Gestalt eines Jungen erkennen. Immerhin, das stimmte schon mal. Erleichtert öffnete sie die Tür genau in dem Augenblick, als der Junge davor laut sagte:

„Bitte öffnen, ich bin verabredet, mein Name ist Kai!"

Simone starrte ihn entgeistert an, denn ihr war noch nie jemand in solchen schrillen Klamotten begegnet. Er trug eine giftgrüne, eng anliegende Hose und eine knallorange glänzende Jacke mit vielen Taschen. Seine Haare waren blau gefärbt und mit Gel zu lauter Stacheln geformt, die nach allen Seiten abstanden, sodass er wie ein Igel aussah. Seine braunen Knopfaugen verstärkten diesen Eindruck noch. Simone musste unwillkürlich grinsen. Er war nicht besonders groß, eher etwas kleiner als Simone und er sah auch nicht sehr kräftig aus. Wenn die Kleidung und die Haare nicht gewesen wären, dann wäre er ihr wahrscheinlich gar nicht aufgefallen. Aber es gab noch mehr Seltsames: Auf dem Rücken trug er einen schmalen schwarzen Rucksack, aus dem zwei dünne Kabel kamen. Eines war mit Klettband an seinem linken Ärmel befestigt und mündete in einen schwarzen Handschuh, in dem seine linke Hand steckte. Über dem Handrücken war mit Klebeband ein biegsames Touchpad geklebt. Das andere Kabel endete an einer verspiegelten Sonnenbrille, die er abgenommen hatte und in der Hand hielt.

Einen Moment lang sahen sie sich befangen an und keiner sagte etwas. Dann fasste sich der Junge ein Herz und stellte sich vor:

„Simone? Ich bin Kai. Tut mir leid, ich hab nicht gewusst, dass eure Tür kaputt ist. Ich hab sie schon ein paar Mal angesprochen, aber sie hat nicht reagiert. Wenn du jetzt nicht aufgemacht hättest, wäre ich wieder gegangen."

„Wieso kaputt? Angesprochen? Hast du etwa mit der Tür geredet?", wunderte sich Simone. „Warum hast du nicht einfach geklingelt? Hast du 'n Sprung in der Schüssel oder was?"

„Wie, geklingelt?“, fragte der Junge. „Was ist das? Gehen bei euch die Türen nicht durch Zuruf auf? Und eine Schüssel hab ich überhaupt nicht bei mir.“

Was hatte er da gerade gesagt? Türen, die auf Zuruf reagieren? Simone kam der fremde Junge immer wunderlicher vor. „Komm erst mal rein“, sagte sie, um etwas Zeit zu gewinnen, „ich bin Simone, das hast du schon richtig erkannt. Komm, wir gehen in mein Zimmer. Was magst du trinken?“

„Tschaliba!“

„Wie bitte? Wir haben nur Apfelsaft, Orangensaft oder Cola. Was ist Tschaliba?“

„So ein grünes Getränk, mit ganz vielen Vitaminen. Kennst du das nicht? Das ist doch der Renner. Gibt's beim Megamarkt um die Ecke.“

„Megamarkt? Noch nie gehört, das gibt es hier nicht.“

„Klar, am Ende eurer Straße, da, wo sie eine Biegung macht“, beharrte Kai.

„Da fangen die Felder an. Schau doch aus dem Fenster! Wenn du mich veräppeln willst, kannst du ja wieder gehen!“, sagte Simone leicht beleidigt. Sie goss ihm einen Orangensaft ein und hielt ihm das Glas hin.

Kai blickte aus dem Fenster und schlug sich dann mit der flachen Hand an die Stirn. „Na klar – wie konnte ich das vergessen! Der Megamarkt ist ja erst vor ein paar Jahren gebaut worden, das war 2119. Wir sind ja hier erst im Jahr 2024. Kein Wunder, dass du so komisch reagierst.“

Als Simone ihn immer noch völlig verständnislos anstarrte, erklärte er: „Pass auf, ich hab dir's doch schon geschrieben:

ich lebe normalerweise im Jahr 2124. Ohne Witz! Schau dir meinen Identchip an."

Er krempelte seinen Ärmel hoch und tippte auf eine Stelle an seinem Unterarm. Unter seiner Haut leuchtete etwas auf. Eine Schrift wurde erkennbar: „Kai Mertens, geb. 24.12.2111." „Da, siehst du. Ich komme aus der Zukunft, wenn du so willst. Na gut, ich bin noch nicht ganz dreizehn. Aber fast."

Simone glotzte ihn mit offenem Mund an, als wäre er ein Marsmännchen. „Du willst mir sagen, dass du echt aus der Zukunft gekommen bist? Wie soll denn das gehen? Hast du wirklich eine Zeitmaschine oder so was?"

Kai nickte. „Ja, ich habe tatsächlich ein Gerät, mit dem man durch die Zeit reisen kann. Es gehört allerdings nicht mir, sondern meinem Opa. Na ja, und eigentlich auch nicht ihm, sondern dem Forschungsinstitut, wo er arbeitet. Und wie das genau funktioniert, da muss ich leider passen, das kann ich dir auch nicht erklären." Kai grinste verlegen. „Aber du siehst ja, es geht."

Er nahm seinen Rucksack ab, öffnete ihn und entnahm ihm ein silbern glänzendes Kästchen, etwa so groß wie eine Pralinenschachtel. Die Kabel, die ihr schon am Anfang aufgefallen waren, führten zu kleinen flachen Steckern, die im Gehäuse steckten. Oben auf dem Deckel war eine kleine grüne Leuchtdiode und darunter ein Touchscreen, ungefähr so groß wie ein Handybildschirm. Sonst war nichts zu sehen. Eine Zeitmaschine hatte sie sich wesentlich aufregender vorgestellt.

„Das soll alles sein? Dieses Ding da soll eine Zeitmaschine sein?", fragte sie ungläubig.

Kai erklärte weiter, nicht ohne einen gewissen Stolz: „Was du hier siehst, ist bisher einzigartig. Es ist eine Erfindung von meinem Opa und seinem Team. Er arbeitet am ECTR in Karlsruhe, das ist ein großes europäisches Zentrum für Zeitforschung, es heißt, glaube ich, ‚European Center for Time Research.' Ich glaube, er hat da eine ziemlich wichtige Stellung. Und ich darf manchmal dabei sein, wenn er seine Experimente macht, denn ich möchte später mal Physiker werden. Bei einem der Experimente ist die Kommunikation verloren gegangen. Oder fehlgeleitet – sie haben nie herausgefunden, wie und warum. Aber du hast sie ja bekommen. Irgendwie scheint es seltsame Vorgänge mit der Zeit zu geben. Ein Wurmloch oder so ähnlich, sagen die Forscher dazu."

Simone verstand nur „Bahnhof". Was hat eine MeetMe-Nachricht jetzt mit Würmern zu tun? Aber bevor sie nachhaken konnte, fuhr Kai fort:

„Du hast aber schon recht, dass du dich wunderst. Was du hier siehst, ist nur das Shuttle. Die eigentliche Zeitmaschine steht im Forschungszentrum und braucht so viel Platz wie ein Fußballstadion. Es gibt sogar ein eigenes Kraftwerk dafür, das die Energie liefert. Das Shuttle ist der Teil, den ein Zeitreisender bei sich haben muss, damit er mit der Zeitmaschine in Verbindung bleibt. Und damit er sie steuern kann."

„Und wenn man es verliert?", fragte Simone.

„Dann gibt es noch eine Sicherung, dass man trotzdem zurückgeholt werden kann", beruhigte sie Kai.

Simone schaute ihn skeptisch an und hob eine Augenbraue: „Na ja, das sieht mir noch ziemlich improvisiert aus: Klebeband und lose Kabel."

„Ich sag ja, es ist ein Prototyp und noch völlig einzigartig. Mein Opa leitet das ganze Projekt. Nur er und zwei Kolleginnen von ihm konnten bisher eine Zeitreise machen. Später, wenn die Zeitmaschine ganz fertig ist, werden natürlich alle Verbindungen über Funk laufen. Aber wenn mein Opa nicht überzeugt wäre, dass alles ganz ungefährlich ist, würde er mich niemals auch nur eine kurze Zeitreise machen lassen. Damals hat er mir das zum ersten Mal erlaubt, als alle anderen dort schon Feierabend gemacht haben. Und jetzt durfte ich zu dir reisen. Ich muss allerdings spätestens in einer Stunde wieder zurück sein. Na ja, meine Eltern dürfen nichts mitkriegen, die finden das nämlich gar nicht gut, dass Opa mir das erlaubt. Da hat es schon heftige Diskussionen gegeben. Und du musst mir versprechen, dass du niemals jemandem davon erzählst, wo ich herkomme.“

„Und was soll ich sagen, wenn uns jemand sieht? Wenn zum Beispiel meine Eltern zurückkommen?“, entgegnete Simone. „Du siehst entschieden zu schräg aus für unsere Verhältnisse.“

„Ich hab doch gesagt, ich werde nicht lange bleiben. Und falls ich nochmal komme und falls dich dann jemand fragt, sagst du einfach, dass ich gerade an einer Challenge in meinem Social-Media-Account teilnehme.“

Simone konnte es immer noch kaum fassen. Da kam ein Junge aus der Zukunft zu ihr, ausgerechnet zu ihr! Wenn das nicht verrückt war. Und das Blödeste dabei war, dass sie es niemandem sagen durfte! Was hätte wohl Nele dazu gesagt, ihre ehemals beste Freundin. Aber die meldete sich ja nicht mehr. Und wie würden die Jungs aus ihrer Klasse staunen, die immer damit angaben, die Riesenahnung von Technik und Computern zu haben.

„Und was machst du dann, wenn du wieder zurück bist?", fragte sie Kai. „Wie ist das denn so in deiner Zeit? Habt ihr auch noch Schule oder lernt bei euch nur noch jeder zu Hause am Computer?"

„Warum zu Hause? Ich habe meinen Computer doch überall dabei. Hier schau." Kai hielt ihr seine Sonnenbrille hin.

Simone schaute ihn erstaunt an: „Was, das soll ein Computer sein? Ich dachte, es ist eine Sonnenbrille."

Kai setzte ihr die Brille auf und tippte auf das Display. Plötzlich war ihr, als wäre ihr Zimmer hell erleuchtet und mitten in der Luft hingen Schubladen und Ordner. Vor sich sah sie eine Art Schreibtisch. Dahinter konnte sie aber auch noch Kai in ihrem Zimmer erkennen. „Was ist das?", fragte sie.

„Das ist ein virtuelles Arbeitszimmer. Es wird in 3D-Optik durch die Bildschirme in den Brillengläsern in dein Blickfeld projiziert. Wenn du den Handschuh anhast, kannst du die Ordner aufmachen und zum Beispiel dein Schulbuch auf den Schreibtisch legen. Oder du kannst eine Hausaufgabe schreiben. Ich sag der KI, was ich suche und schon kriege ich die Ergebnisse angezeigt. Jeder kann an alle Informationen kommen. Aber Schule gibt's schon auch noch. Denn du musst erst mal klarkommen mit dem vielen Wissen. Da können uns unsere Lehrer schon noch Tipps geben, was brauchbar ist und was nicht. Außerdem, in der Schule können wir da mit anderen zusammen sein, das macht mehr Spaß, als alleine herumzusitzen. Und die meisten von uns haben auch gemerkt, dass echte Menschen viel cooler sind als KI und die ganzen virtuellen Welten."

Simone war beeindruckt. „Dagegen ist ja mein Handy noch aus der Steinzeit. Und ich war an Weihnachten, als ich es geschenkt bekommen habe, so stolz drauf, dass das auf dem neuesten Stand der Technik ist."

„Tja, vor ein paar Wochen habe ich so ein Smartphone im Museum für Frühgeschichte der Informatik gesehen. Aber ich glaube, das war von 2030. Und an ein Notebook von 2025 kann ich mich auch erinnern. Lauter alter Krempel eben. Das meiste davon ist längst recycled."

„Wenn ich das den anderen erzähle, die sind grade mächtig stolz auf ihre neuen Handys und Tablets. Und du nennst das alten Krempel", lachte Simone.

Kai runzelte die Stirn: „Haben wir nicht gerade davon gesprochen, dass du niemandem etwas von mir erzählen sollst? Aber diese Tablets sind jetzt wirklich nicht der Knaller, bei uns hat niemand mehr so was. Viel zu umständlich."

Simone hatte auf einmal einen Einfall: „Sag mal, in diesem Post, den ich da von dir bekommen habe, da schreibst du was von Bethlehem. Bist du wirklich dort gewesen? Ich meine, im Jahr 1, am 24. Dezember?"

„Ja wirklich. Ich war da, aber es war eine echte Enttäuschung. Du hast ja eben auf meinem Identchip gesehen, dass ich am 24. Dezember Geburtstag habe, an Weihnachten …"

„Ja klar, ich hab doch gleich gedacht, dass da der Weihnachtsmann vor mir steht, als ich die Tür aufgemacht habe", grinste Simone.

„Ich hab also am gleichen Tag Geburtstag wie Jesus“, fuhr Kai unbeeindruckt fort, „und deshalb habe ich mir als Thema für meine Jahresarbeit in der Schule überlegt, ich mache mal eben ein Interview mit Maria und Josef über das Kind in der Krippe. Und ich erforsche, wie das damals war mit Jesus. Na ja, nicht wirklich ein Interview, das geht ja wegen der Sprache nicht, aber anschauen wollte ich es mir wenigstens. Und dann berichten, wie es wirklich war.“

„Und dann war's nichts mit dem Kind in der Krippe?“, erinnerte sich Simone an die Nachricht, mit der alles angefangen hatte. „Warum?“

„Tja, das weiß ich auch noch nicht so genau, ich bin mir sicher, dass ich schon den richtigen Tag erwischt habe. Und in Bethlehem war ich auch. Aber es gab dort eben kein Kind in der Krippe. Die Menschen gingen ihren alltäglichen Tätigkeiten nach und nichts hat auf irgendetwas Besonderes hingedeutet. Nur ich habe wohl für einige Verwirrung gesorgt, als ich aufgetaucht bin. Die Leute sind dort schon etwas anders gekleidet. Die haben mich vielleicht angestarrt. Meine nächste Reise werde ich wohl richtig planen müssen, damit ich mich den örtlichen Gepflogenheiten besser anpassen kann. Es ist besser, wenn man nicht auffällt als Zeitreisender.“

Simone hatte schon die ganze Zeit, während Kai redete, mit einem ungeheuerlichen Gedanken gespielt, der sie nicht mehr losließ und sie immer mehr in Bann zog. Sie zögerte einen Moment und kaute auf ihrer Unterlippe herum, bevor sie herausplatzte: „Was meinst du, könntest du mich mal mitnehmen auf so eine Zeitreise? Zu zweit ist es doch besser, findest du nicht?“

„Ich weiß nicht, ob das geht. Die Zeitmaschine ist für eine Person gedacht. Es gibt ja auch nur ein Shuttle. Und das Ding ist wirklich teuer, das kannst du mir glauben."

Er dachte einen Moment nach. Der Gedanke war ja nicht schlecht. Zu zweit wäre es sicher lustiger und bestimmt auch sicherer. Vielleicht gab es da eine Chance, Opa die Idee schmackhaft zu machen. Vielleicht war auch ein zweites Gerät ohnehin schon im Institut geplant, denn die Zeitreisen sollten ja weiterentwickelt werden. Er musste unbedingt Opa fragen, was bei den Forschungen mit der Zeitmaschine geplant war. Und den Gedanken mit der Sicherheit konnte er ja mal so nebenbei einfließen lassen.

„Eigentlich könnte ich es mir ganz lustig vorstellen, wenn ich nicht allein reise", sagte er vorsichtig. „Aber ich muss erst mal meinen Opa fragen, ob es eine Möglichkeit gibt. Versprechen kann ich dir noch nichts."

Simone nahm seinen Einwand gar nicht zur Kenntnis, so sehr war sie schon von der Idee einer Zeitreise begeistert.

„Bitte schreib mir bald, wann es losgeht. Am besten wäre es in den Ferien, da hätte ich genug Zeit", bettelte sie.

„Du weißt doch, Zeit spielt keine Rolle. Wir können einen Tag in der Vergangenheit bleiben und wenn wir zurückkommen, sind gerade mal zehn Minuten vergangen. Und umgekehrt geht es natürlich auch. Ich könnte zum Beispiel heute Nachmittag wieder bei dir aufkreuzen, auch wenn bei mir inzwischen sechs Wochen vergangen sind."

„Das wäre mir jetzt etwas zu schnell", entgegnete Simone, „ein wenig muss ich mich erst an den Gedanken gewöhnen. Und ein bisschen vorbereiten will ich mich auch, damit ich weiß, worauf ich mich einlasse. Aber in den Sommerferien wäre es doch gut. Die beginnen Ende Juli."

„Ja, mal sehen, ich werde mich melden. Jetzt sollte ich aber verschwinden, meine Akkus sind bisher nur für etwa zwei Stunden ausgelegt und wenn sie leer sind, dann habe ich ein Problem. Zu lange darf man sich nicht in der Vergangenheit aufhalten. Wenigstens nicht dort, wo es keine neuen Batterien gibt."

„Also, bitte denk dran, deinen Opa zu fragen und melde dich wieder!"

Kai verstaute die silberne Zeitmaschine in seinem Rucksack, setzte die Brille auf und tippte mit den Fingern etwas auf das Display auf seinem Handschuh. Dann bewegte er seine rechte Hand, als würde er irgendetwas in die Luft schreiben und auf ein paar Schalter drücken.

„So, jetzt geht's gleich los, also mach's gut – ich melde mich."

Simone hörte ein leises Knistern, wie von Hochspannung, dann war Kai verschwunden. Sie war allein in ihrem Zimmer. Sie schüttelte ihren Kopf und kniff sich in den Arm. Autsch! Nein, sie träumte nicht. Sie schaute aus dem Fenster. Alles sah aus wie immer: die Straße, die weiter hinten einen Bogen machte, wo in hundert Jahren mal ein Supermarkt sein sollte. Aber es waren nur Felder zu sehen, die weiter in der Ferne in den Wald übergingen.

Kapitel 2: Geduldsprobe

Die Sommerwochen im Juni und Juli zogen sich zäh dahin. In der Schule passierte nichts Besonderes und eine richtige beste Freundin hatte Simone immer noch nicht gefunden. So beschäftigte sie sich in ihren Phantasien und Träumen immer mehr mit der Idee einer Zeitreise. Sie malte sich die Reise in Gedanken in den buntesten Farben aus. Jeden Tag, wenn die Hausaufgaben erledigt waren, suchte sie in ihrem MeetMe-Account nach einer Nachricht von Kai. Wieder nichts. Ihre Mutter begann schon, sie beim Mittagessen aufzuziehen:

„Na, du hast wohl einen heimlichen Verehrer kennengelernt, dass du ständig dein Smartphone checken musst."

Simone bekam einen roten Kopf und stocherte verlegen in ihrem Essen herum. Von wegen Verehrer – wenn ihre Mutter wüsste, von wem sie da eine Nachricht erwartete. Eigentlich war sie bisher immer aufrichtig ihrer Mutter gegenüber gewesen und sie hatten ein gutes Vertrauensverhältnis. Sie wusste, dass sie ihr alles erzählen konnte. Aber sie hatte Kai ja versprochen, nichts zu sagen und so ließ sie ihre Mutter in ihrem Glauben.

Simone fieberte immer mehr dem Beginn der Ferien entgegen. Irgendwann musste sich Kai doch mal melden. Oder hatte er sie vielleicht wieder vergessen? Für einen Jungen aus dem Jahr 2124 war schließlich ein Mädchen, das vor hundert Jahren gelebt hat, kaum interessant. So als würde sie mit einem Kind aus dem 19. Jahrhundert reden, das noch nie ein Auto gesehen hatte.

Plötzlich wurde ihr mit einem Schlag bewusst: „In Kais Welt wäre ich eine uralte Oma! Noch schlimmer, ich wäre vermutlich schon tot und begraben. Sonst müsste ich über 100 Jahre alt werden!" Bei dieser Vorstellung fröstelte sie. Wie ist das für Kai? Da hat er mit einem Mädchen gesprochen, das für ihn vermutlich schon gestorben ist. Oder das er allerhöchstens als uralte Frau kennengelernt hat. Oder was wäre, wenn sie sogar seine Urgroßmutter wäre?

Die Gedanken tanzten in ihrem Kopf herum und ihr wurde fast schwindelig.

„Nein, will ich mir gar nicht vorstellen", sagte sie sich.

Sie versuchte, an etwas anderes zu denken: Kai hatte vor, nach den Spuren Jesu zu forschen, weil er selbst am 24. Dezember Geburtstag hatte. Genau wie Jesus.

„Jesus", dachte sie. „Was weiß ich eigentlich über den?"

Sie hatte von klein auf Geschichten von Jesus gehört. Oma hatte sie ihr vorgelesen, als Simone noch ein kleines Kind war. Sie erinnerte sich gut an die bunte Kinderbibel.

Jetzt ging sie regelmäßig in eine Mädchen-Jungschar, wo Carola, die Leiterin, auch immer wieder von Jesus erzählte. Und im Unterricht in der Schule hatte sie auch einiges über ihn gehört. Jesus gehörte einfach zur Kirche, zur Religion und zum Glauben an Gott dazu. Aber so richtig Gedanken darüber, dass das mal eine lebendige Person war, hatte sie sich noch nicht gemacht.

„Eher wie so ein Comic-Held. Mit Superkräften", überlegte sie.

Simone nahm sich einen Notizblock und einen Bleistift und rieb sich die Schläfen.

„Na ja", dachte Simone, als sie einige Stichworte aufgeschrieben und einige Minuten grübelnd den Kopf in die Hände gestützt hatte. „Noch ziemlich mager. Keine Ahnung, wer dieser Jesus wirklich ist." Sie legte den Block auf den Schreibtisch. „Ob ich was im Lexikon finde?"

Sie ging die Treppe hinunter ins Wohnzimmer. Dort stand ein mehrbändiges Lexikon im Regal. Simone zog den Band mit J heraus und blätterte, bis sie das Stichwort „Jesus" gefunden hatte:

*„**Jesus Christus**"*, stand da, *„Zentrale Gestalt des Christentums."*

Und dann kamen zwei Spalten Text, von dem sie das meiste nicht wirklich verstand.

„Exegetischer Befund? Was soll denn das sein?"

Irgendwie hieß es wohl, dass wir über Jesus nicht so sehr viel wissen, außer das, was in der Bibel steht. Und ein paar römische Geschichtsschreiber haben über ihn geschrieben: Tacitus, Flavius Josephus, wer immer das sein mochte.

Sie erfuhr, dass es vier Berichte über Jesus in der Bibel gibt, die „Evangelien" genannt werden: Matthäus-, Markus-, Lukas- und Johannesevangelium. Zum Teil unterscheiden sie sich in dem, was sie von Jesus erzählen.

Simone stellte den Lexikonband wieder an seinen Platz und ging zurück in ihr Zimmer. Dort startete sie ihr Notebook und tippte „Jesus von Nazareth" in die Suchmaschine ein. Es gab über 1,3 Millionen Interneteinträge zu Jesus von Nazareth. Simone wählte den ersten Eintrag, der sie zu Wikipedia[1] führte.

Dort stand: *„Jesus von Nazaret (aramäisch ישוע Jeschua gräzisiert Ἰησοῦς Iēsoûs; * zwischen 7 und 4 v. Chr. Wahrscheinlich in Nazaret; † zwischen 30 und 33 in Jerusalem."* Sein Geburtsjahr war also unbekannt. Es wurde nur angenommen, dass er vor dem Jahr 4 vor Christus geboren sein musste.

„So was Komisches!" Simone las den Abschnitt ein zweites Mal. Tatsächlich, hier stand, dass Jesus Christus vor Christus geboren ist. „Wie soll man denn das verstehen?"

Simone las weiter und jetzt wurde es klar: Im Matthäusevangelium, in der Geschichte mit den drei Weisen aus dem Morgenland, wurde erzählt, dass diese zuerst zum König Herodes nach Jerusalem kamen, weil sie logischerweise annahmen, dass ein König in einem Königspalast zu erwarten war.

Von Herodes wussten die Geschichtsforscher, dass er im Jahr 4 vor Christus gestorben war. Also konnte Jesus unmöglich nach diesem Jahr 4 vor Christus geboren sein. Aber in welchem Jahr genau er wirklich geboren war, wusste niemand. Und auch der Geburtsort war nicht sicher. Viele Forscher hielten die Geburt in Bethlehem für eine Legende.

Simone war verwirrt. Wie kann das aber sein, dass Jesus Christus vor Christi Geburt auf die Welt gekommen sein sollte? Schließlich ging doch unsere ganze Jahreszählung davon aus: Das Geburtsjahr Jesu ist unser Jahr 1, oder etwa nicht? Simone beschloss, ihren Religionslehrer zu fragen, der sollte es ja schließlich wissen.

Ihr Lehrer wusste immerhin so viel, dass Jesus um das Jahr 7 vor Christus geboren sein musste. Aber das hatte Simone auch schon selbst herausgefunden. Aber er versprach, genauer nachzuforschen und es ihr in der nächsten Reli-Stunde zu sagen.

Ihr Lehrer hatte tatsächlich nachgeforscht: Ein Mönch mit Namen Dionysius Exiguus[2] war Anfang des 6. Jahrhunderts beauftragt, die christliche Jahreszählung einzuführen. Die sollte mit dem Geburtsjahr Jesu beginnen. Leider hatte er sich bei seinen Berechnungen um ein paar Jahre geirrt und das Jahr 1 etwas zu spät angesetzt. So wurde die Zeitrechnung von Dionysius im Mittelalter mitsamt Fehler von der ganzen Kirche übernommen und so blieb es dann auch.

Selbst der 24. Dezember stimmte nicht, denn niemand wusste, an welchem Tag Jesus wirklich geboren war. Dass die Christen am 24. Dezember Weihnachten feiern, das hatte sich im vierten Jahrhundert ergeben. Zu dieser Zeit wurde das Christentum als Staatsreligion im römischen Reich eingeführt. In der folgenden Zeit waren dann alle anderen Religionen zweitrangig. Am 24. Dezember gab es bereits einen Feiertag, den viele Menschen im Reich feierten, den Tag des unbesiegbaren Sonnengottes[3]. Man feierte die Wintersonnenwende, dass die Tage von nun an wieder länger werden. Dieser Feiertag wurde nun umgedeutet auf den Tag der Geburt Christi. Weil Jesus als das Licht der Welt gesehen wurde, konnte auch die Symbolik mit dem Licht übernommen werden.[4]

Simone war zufrieden. Immerhin war sie jetzt nicht mehr ganz ahnungslos. Und plötzlich fiel es ihr wie Schuppen von den Augen: Natürlich, deshalb hat Kai in Bethlehem nichts von einem Jesuskind in der Krippe gesehen – das konnte ja nicht gehen, wenn Jesus wahrscheinlich schon sechs oder sieben Jahre vorher auf die Welt gekommen war. Selbst wenn man das richtige Jahr getroffen hatte, dann musste man noch den genauen Tag finden und das konnte jeder Tag des Jahres sein. Und schließlich war sogar der Geburtsort Bethlehem ungewiss. Eigentlich war die ganze Geburt Jesu ein Rätsel, bei dem nichts Genaues bekannt war. Nur bei seinem Tod waren sich die Forscher einigermaßen einig. Das war wahrscheinlich im Frühjahr des Jahres 30 gewesen.

Das musste sie ihm unbedingt schreiben und außerdem wurde sie langsam ungeduldig. Er könnte ja auch mal was von sich hören lassen. Also öffnete sie ihren MeetMe-Account und tippte eine Nachricht an die Adresse in die Zukunft:

Hallo Kai, ich weiß, warum du in Bethlehem kein Kind in der Krippe entdeckt hast. Aber das werde ich dir erst sagen, wenn du mich mal wieder besuchst. Ich hoffe, du hast mich noch nicht vergessen, auch wenn ich deine Uroma sein könnte.
Außerdem wolltest du mich mitnehmen auf die Reise in die Vergangenheit – oder wird da nichts draus? ☺
Simone.

Die Nachricht verschwand irgendwo in den Weiten des Internets. Dann fiel Simone noch etwas ein:

Wenn du kommst, benutze die Klingel, das ist der kleine Taster neben der Tür, wo unser Name draufsteht. Unsere Türen verstehen noch nicht, wenn man sie anspricht. ☺

Und wieder hörte Simone nichts von Kai. Inzwischen fragte sie sich ernsthaft, ob sie nicht doch nur einen komischen Traum gehabt hatte. Aber auf Jungs war ja sowieso nie Verlass, nicht mal im Traum. Enttäuscht beschloss sie beim Einschlafen, die ganze Sache zu vergessen. Für die Sommerferien musste sie sich wohl etwas anderes einfallen lassen als eine Zeitreise nach Israel. „Vielleicht sollte ich in den Ferien Nele besuchen", überlegte sie sich und nahm sich vor, sich einfach mal wieder bei ihr zu melden.

Als Simone am nächsten Morgen aufwachte, war sie sich wieder sicher. Es war doch kein Traum. Aber warum meldete sich Kai nicht bei ihr? Er war es doch schließlich, der in die Vergangenheit reisen konnte. War etwas vorgefallen? Hatte er einen Unfall gehabt, als er zurück in die Zukunft reiste? Er hatte ja selbst gesagt, dass die Zeitmaschine noch in der Erprobungsphase war. Da konnte alles passieren. Möglicherweise gab es sogar noch einige unbemerkte Fehler.

Und was war, wenn auf einmal die Stromzufuhr versagte? Kai hatte von einem eigenen Kraftwerk gesprochen. Diese Zeitmaschine fraß offensichtlich jede Menge Strom. Oder wenn sie ein Shuttle verlieren würden? Kais Antwort, dass es noch eine Sicherung gäbe, war reichlich vage gewesen. Simone begann, sich langsam Sorgen zu machen und gleichzeitig ärgerte sie sich darüber.

„Warum bin ich eigentlich so blöd", schimpfte sie mit sich, „und mache mir Sorgen über einen Kerl aus der Zukunft, den ich gerade mal eine halbe Stunde gesehen habe und über eine Reise, die so unwahrscheinlich ist wie ein Lottogewinn."

Sie beschloss, mehr Geduld zu haben, schließlich hatten die Ferien ja noch nicht angefangen. Vielleicht war ja alles in bester Ordnung und Kai hatte nur ihren Post nicht erhalten. Außerdem gab es noch einiges zu erforschen über das Leben vor zweitausend Jahren in Israel. Sie wollte sich schließlich nicht als ahnungslose Nullblickerin blamieren.

„Heute Nachmittag, wenn ich aus der Schule komme, dann mach ich weiter mit meinen Nachforschungen."

Die letzten beiden Schulwochen gingen dahin und ihre Spannung wuchs von Tag zu Tag. Wenn doch nur die Ferien bald kämen. Sie hatte immer noch kein Lebenszeichen von Kai. Dann endlich kam der letzte Schultag vor den Sommerferien. Es regnete.

„Natürlich!“, dachte Simone, „Das ist ja mal wieder typisch. Kaum fangen die Ferien an, wird das Wetter schlecht.“ Und dann fiel ihr ein, dass sie noch etwas Wichtiges bei ihrer Vorbereitung vergessen hatte. Wie war eigentlich das Wetter in Israel? Und was sollte sie wohl für solch eine Reise anziehen?

Also noch einmal nachschauen im Internet, diesmal ging es um das Klima und die Kleidung der Menschen. Das Klima in Israel war recht leicht in Erfahrung zu bringen. Es war überwiegend heiß und trocken, schließlich lag Israel ja am Mittelmeer.

Nachdem sie sich auf diese Weise vorbereitet hatte, durchsuchte Simone ihren Schrank nach einigen dünnen Sommersachen, die sie mitnehmen konnte und sie fertigte sich eine Liste an mit den Dingen, die sie für wichtig hielt. Das alles sollte auch noch in ihren kleinen Rucksack passen. Nun war sie bereit und gespannt, was für Abenteuer sie erleben sollte.

In dieser Nacht konnte sie lange nicht einschlafen. Immer wieder wälzte sie sich herum und grübelte über sämtliche Schwierigkeiten, die ihnen begegnen konnten. Was wäre, wenn sie dort in der Vergangenheit verletzt würden? Oder, noch schlimmer, wenn irgendjemand sie umbringen würde? Gewalttätigkeiten gab es damals genügend. Was hatte sie nicht alles über die grausame Herrschaft der Römer gelesen. Auf einmal wurde ihr sehr mulmig zumute. Was wäre, wenn die Zeitmaschine entgegen allen Versicherungen von Kai doch kaputt ginge und sie nicht mehr zurückkämen? Was würden meine Eltern denken, wenn ich nicht mehr da bin? Sie spürte ein Gefühl der Panik und der Bestürzung in sich hochkriechen.

„Worauf habe ich mich hier bloß eingelassen?“, fragte sie sich. Und sie bereute erneut, dass sie ihren Eltern gegenüber nichts gesagt hatte. Aber hätte das etwas genutzt? Sie konnte sich die Reaktion ihrer Mutter lebhaft vorstellen. Und ihr Vater würde das alles sowieso nicht ernst nehmen.

„Typische vorpubertäre Verwirrung!“, würde er sagen und sie mit irgendeiner Sache aufziehen.

„Also, ich habe die Sache angefangen, jetzt bringe ich sie auch zu Ende“, entschloss sie sich. „Ich hoffe mal, Kai weiß, was er da tut und sein Großvater ist wirklich so genial, wie er gesagt hat.“ Richtig beruhigt war sie nicht und ein wenig hoffte sie sogar, dass die ganze Geschichte doch nur Einbildung war und dass die Sommerferien vergingen, ohne dass ein seltsamer Junge mit blauen Haaren wieder mit ihrer Tür redete.

Irgendwann war sie so müde, dass kein klarer Gedanke mehr Platz fand in ihrem Kopf und langsam versank sie in einen unruhigen Schlaf.

Kapitel 3: Endlich Ferien

Der 25. Juli begann ganz harmlos. Simone schälte sich aus dem Bett und genoss es, nicht alle zehn Minuten von ihrer Mutter aufgescheucht zu werden: „Los, beeil dich! Hast du deine Haare gekämmt? In zehn Minuten fährt der Schulbus und du hast noch nicht gefrühstückt!"

Heute waren Ferien und sie war allein im Haus. Ihre Eltern mussten arbeiten und waren schon früh aus dem Haus gegangen.

Simone schlurfte im Schlafanzug in die Küche und holte sich eine Tasse Milch mit Kakao. Der Frühstückstisch war noch gedeckt und sie freute sich auf ein ausgiebiges Frühstück.

Gerade als sie sich hinsetzte, klingelte es. Lange und anhaltend. Es hörte überhaupt nicht mehr auf zu klingeln. Simone fuhr auf, jagte zur Haustür und riss sie auf.

Draußen stand ein fremder Junge, braungebrannt mit schwarzen filzigen Haaren, eingehüllt in eine zerlumpte graubraune Wolldecke. Auf dem Kopf trug er ein schmutziges, zerrissenes Tuch, an den nackten Füßen ausgelatschte Ledersandalen. Er verbreitete einen durchdringenden Geruch, als hätte er eine Nacht in einem Ziegenstall zugebracht. Den Finger hielt er immer noch auf dem Klingelknopf, sodass hinter ihr im Haus unaufhörlich die Türklingel schrillte.

„Ein Bettler, auch das noch!", schoss es ihr durch den Kopf und sie raunzte ihn unwirsch an: „Hör endlich auf zu klingeln und verschwinde!"

Der Junge nahm erschrocken die Hand vom Klingelknopf und sagte: „Ich dachte, ich soll klingeln – du weißt auch nicht, was du willst."

Simone glotzte ihn mit offenem Mund an – sollte das wirklich Kai sein?

„Du kannst den Mund wieder zumachen, sonst füttert dich noch ein Vogel. Ich bin's wirklich. Hast wohl nicht mehr mit mir gerechnet, was?"

Simone wurde plötzlich bewusst, dass sie im Schlafanzug dastand und sie errötete etwas.

„Nun komm schon rein. Entschuldige, dass ich dich nicht gleich erkannt habe, aber du siehst schon ziemlich abgerissen aus." Sie rümpfte die Nase: „Hast du in Ziegenpisse gebadet?"

Bevor Kai etwas antworten konnte, schob sie ihn schon in die Küche und fuhr fort: „Du kannst dir was zu essen nehmen, während ich mich anziehe. Hättest dich ja ankündigen können."

Dann flitzte sie die Treppe hinauf in ihr Zimmer. Nachdem sie mit viel zu viel Schwung die Tür ihres Zimmers zugeworfen hatte, stieß sie einen Jubelschrei aus und hechtete mit einem Riesensatz auf ihr Bett. Er war wirklich wiedergekommen! „Wir machen eine Zeitreise! Das wird der beste Tag meines Lebens!"

Wenn sie auch manchmal etwas trödelig beim Anziehen war, heute ging alles blitzschnell. Wenige Minuten später saß sie schon neben Kai, der zufrieden an einem Brötchen mampfte.

Den zerschlissenen Umhang hatte er abgelegt, ebenso den Rucksack, der darunter verborgen gewesen war. Er trug eine einfache, grob gewebte Tunika aus naturfarbener Schafwolle, die aussah wie ein T-Shirt in Übergröße, das von einem breiten Ledergürtel um den Bauch zusammengehalten war.

Sie musterte ihn von oben bis unten und sagte dann: „Du liebst wohl seltsame Verkleidungen, was?" Etwas vorwurfsvoll setzte sie hinzu: „Du hast mich ganz schön überrascht – ich habe noch nicht mal meine Sachen packen können. Aber immerhin habe ich mir schon eine Liste gemacht, was ich alles mitnehme." Sie zog einen kleinen Zettel aus der Hosentasche und begann vorzulesen:

„T-Shirts, Sommerkleid, Sonnenhut, Sandalen …" las sie vor.

Kai schüttelte nur den Kopf. „Kannst du alles vergessen. Hab ich dir nicht erzählt, wie komisch die Leute geschaut haben, als ich das erste Mal in meinen normalen Klamotten aufgetaucht bin? Wir müssen uns den Menschen dort anpassen, wenn wir nicht auffallen wollen. Solche Sachen wie heute gab's jedenfalls damals noch nicht – was ich trage, ist der letzte Schrei der Kindermode[5] im Jahr 1." Nach einer kurzen Pause fügte er hinzu: „Na ja, T-Shirts und kurze Hosen gehen auch noch, die kannst du unten drunter tragen. Dann kratzt der Wollstoff auch nicht so."

Simone wollte gerade noch etwas über ihre Kleidung sagen, da hielt sie auf einmal inne. Was hatte er da gesagt? Das erste Mal?

„Heißt das, du warst inzwischen schon öfter in der Vergangenheit?"

Kai nickte: „Schon zweimal und was denkst du, wo ich jetzt gerade herkomme? Ich hab tatsächlich die Nacht im Stall von Bethlehem zugebracht. Was sagst du dazu?"

„Dass das wenigstens den Gestank erklärt, den du um dich herum verbreitest. Und dass du wieder nichts von einem

Jesuskind gesehen hast", antwortete Simone triumphierend. „Und ich kann dir auch sagen, warum."

Stolz erzählte sie ihm nun, was sie herausgefunden hatte: Dass Jesus gar nicht im Jahr 1 geboren wurde, sondern wahrscheinlich zwischen den Jahren 7 und 4 vor Christus. Und sie zeigte ihm die Ergebnisse ihrer Forschungen. Auch der 24. Dezember war ein Fehler. Oder, genauer gesagt, ein später festgelegter Tag. Wann Jesus wirklich Geburtstag hatte, das war unbekannt. „Du siehst, ich war auch nicht gerade untätig, auch ohne Zeitmaschine."

Das Frühstück verging, indem sie sich gegenseitig ihre Erkenntnisse über das Land Jesu erzählten. Dann konnte sich Simone nicht mehr länger zurückhalten:

„Also, wann gehen wir? Ich bin schon fürchterlich gespannt darauf, in die Vergangenheit zu reisen."

Kai wurde etwas verlegen und druckste herum. Schließlich ließ er es raus: „Tja, tut mir leid, daraus wird noch nichts. Du siehst ja, ich bin gerade auf der Rückreise und habe nur einen kleinen Zwischenstopp bei dir gemacht. Außerdem brauchen wir zwei Rucksäcke, und das zweite Shuttle ist immer noch nicht fertig. Tut mir leid."

Simone kamen fast die Tränen. Sie war so voller Erwartungen gewesen, sie hatte sich so sehr gefreut. Vor lauter Enttäuschung brachte sie kein Wort heraus. Sie stand da wie ein Kind, dem man plötzlich eröffnet, dass dieses Jahr Weihnachten und Geburtstag ausfallen.

Kai sah die Enttäuschung in Simones Augen und es tat ihm leid, dass er es ihr nicht schonender gesagt hatte. Aber plötzlich ging es ihm auf: Die Wartezeit war doch nur für ihn ein Problem – er konnte ja zum genau gleichen Moment zu Simone zurückkehren, indem er sie jetzt verlassen hatte. Wenn der zweite Rucksack und alles andere fertig war.

„Also, bis in zehn Minuten“, sagte er deshalb zu ihr. „Du suchst dir am besten schon mal alles zusammen, was du mitnehmen willst. Aber denk dran, dass du nur einen kleinen Rucksack hast.“

Als Simone ihn verwirrt anstarrte, erklärte Kai: „Schau mal, ich reise jetzt in meine Zeit. In ein paar Wochen oder Monaten wird das zweite Shuttle fertig. Das hier ist auch nochmal verbessert worden. Vielleicht hast du gesehen, dass keine Kabel mehr da sind. Jetzt läuft alles über Funk. Die Sache mit dem Handschuh haben sie auch verändert, schau!“ Er zeigte ihr ein etwas speckig aussehendes Armband wie aus schwarzem Leder, das er um den linken Arm trug. „Das Display erscheint erst, wenn ich den Fingerabdrucksensor berühre, sonst sieht es aus wie ein Armband.“

„Also“, fuhr er fort, „in ein paar Wochen oder Monaten ist es so weit und ich packe alles ein, was nötig ist. Und dann hole ich dich frisch geduscht ab. Passende Klamotten bringe ich dir auch mit. Mehr als das, was du am Körper trägst, brauchst du sowieso nicht, wir bleiben ja nicht so lange. Also, sagen wir 10.30 Uhr heute? Denn wie viel Zeit bei mir vergeht, braucht dich ja gar nicht zu interessieren.“

Simone brauchte eine Weile, bis sie begriffen hatte. Dann aber wurde sie wieder froh und begann eifrig im Haus herumzuwuseln, um noch ein paar Sachen zu packen. Sie merkte gar nicht, dass Kai wieder verschwunden war. Nur noch der beißende Stallgeruch klebte hartnäckig in der Küche.

Pünktlich um halb elf klingelte es wieder Sturm. Simone, die gerade mit ihren Vorbereitungen fertig war und alles auf dem Küchentisch gesammelt hatte, was sie mitnehmen wollte, beeilte sich, die Tür zu öffnen. Kai sah noch genauso aus wie vorher, nur der Gestank war weg. Er war frisch geduscht und die Haare waren nicht mehr so filzig.

In der Hand hielt er einen zweiten schmalen Rucksack aus robustem Nylon und eine Tasche, die prall gefüllt war.

„Wie versprochen: Ich hab dir ein paar Sachen mitgebracht, damit du nicht auffällst." Er zog ein ähnlich abgetragenes Gewand aus der Tasche, wie er selbst eines anhatte und wies sie an, es anzuziehen. Es war eine schlicht gewebte Tunika aus hellem Stoff, die ihr fast bis an die Knöchel reichte. Rechts und links liefen zwei rotbraune Streifen von den Schultern bis zum Saum. Der Wollstoff kratzte am Hals, aber immerhin hatte sie noch ihr T-Shirt darunter. „Da kann ich wirklich ohne Probleme noch eine kurze Hose drunter anziehen, das sieht ja keiner", stellte sie fest. Kai gab ihr ein rechteckiges Tuch aus Schafwolle, das man als Mantel über der Tunika trug. Schließlich fischte er noch ein Paar einfache Schuhe aus weichem Leder, die fast wie Mokassins aussahen, aus seiner Tasche und überreichte sie Simone. „Ich hoffe, ich hab deine Schuhgröße getroffen. Sandalen gehen nämlich für Frauen nicht. Die trugen außerhalb des Hauses einen Schuh, der den ganzen Fuß umhüllt. Oder sie gingen barfuß."[6]

„Abgefahren!", dachte Simone, als sie sich voll eingekleidet im Spiegel anschaute. Sie kam sich vor, als würde sie eine Rolle in einem Bibelfilm spielen. Sie konnte es sich nicht verkneifen, ein Selfie zu machen. Vielleicht würde sie es später doch mal noch ihren Freundinnen zeigen.

„Was für ein Abenteuer“, dachte sie sich. „Wir tauchen ein in eine ganz fremde Welt mit ganz fremden Menschen zu einer völlig anderen Zeit.“ Sie stellte sich diese fremde Welt in ihrer Phantasie vor und auf einmal fiel ihr auf, dass sie an etwas gar nicht gedacht hatte: „Wie sollen wir denn verstehen, was die Leute reden? Die sprechen doch bestimmt eine völlig andere Sprache, oder?“

Kai grinste. „Ich hab schon gedacht, du kommst gar nicht mehr drauf. Welche Sprachen hast du denn gelernt in der Schule?“

„Englisch“, sagte Simone kleinlaut, „aber wir sind erst im zweiten Jahr. Abgesehen von dem bisschen Englisch in der Grundschule. Aber ich glaube, mit Englisch können wir nichts anfangen, oder?“

„Du hast recht“, sagte Kai und jetzt wirkte er wie ein Klugscheißer. „Also, du darfst raten: Sprechen die Menschen dort Arabisch, Türkisch, Hebräisch, Griechisch, Aramäisch, Sumerisch oder Latein?“

Simone hatte keine Ahnung. Aber, Moment mal, wie war das? Die Menschen dort in Israel, sprachen die nicht Hebräisch? Simone war sich nicht ganz sicher. Da kam ihr noch ein Gedanke: Jesus war doch gekreuzigt worden. Gekreuzigt unter Pontius Pilatus, so ähnlich hieß es im Glaubensbekenntnis. Pontius Pilatus war Römer. Und die Römer sprachen Latein, so viel war klar, schließlich lernte sie das seit einem Jahr in der Schule.

Also schlug sie Kai Latein und Hebräisch vor.

Der nickte anerkennend. „Nicht schlecht. Hebräisch ist die Sprache der Bibel, allerdings sprachen Jesus und seine Jünger wohl eher Aramäisch. Das ist die Sprache, wie sie in Galiläa gesprochen wurde. Und die Weltsprache der damaligen Zeit war Griechisch. Damit konnte man sich überall verständigen, so wie heute mit Englisch." Er sah sie verschmitzt an: „Du siehst, auch ich habe meine Hausaufgaben gemacht."

„Na schön, das sind vier verschiedene Sprachen", sagte Simone, „und hast du auch die entsprechenden Sprachkurse gemacht, dass wir etwas verstehen können?"

„Kein Problem", antwortete Kai und grinste noch breiter. Er öffnete seinen Rucksack und holte eine flache Schale aus Kunststoff heraus, die zwei kleine schwarze Geräte enthielt, die aussahen wie kleine Ohrstöpsel, die man fast nicht sehen konnte, wenn sie im Ohr steckten.

„Dieses hübsche kleine Ding heißt Babelfish[7]", erklärte er ihr. „Es ist ein Übersetzungsgerät, das dir fast jede Sprache auf der Welt simultan übersetzen kann. So was hat in meiner Zeit fast jeder. Du setzt nur die Ohrstöpsel ein und hörst schon, was die Menschen um dich herum sagen, in deiner Sprache. Funktioniert automatisch, du musst sie nur einmal über das Armband aktivieren." Er holte ein zweites Armband aus dem Rucksack. Es bestand aus einer Art biegsamen Kunststoff und sah eher aus wie ein schwarzes, unscheinbares Lederband. Simone konnte keine Schnallen zum Öffnen und Verschließen erkennen.

„Wie soll ich das anziehen?", fragte sie. Kai legte ihr das Armband um, sie konnte ein leichtes Klicken vernehmen und das Armband saß fest. „Es sind starke Magneten", erklärte Kai. „Weil ja deine Fingerabdrücke nicht zur Verfügung standen, wurde das Armband so programmiert, dass es mit meinem gekoppelt ist. Wenn ich also einschalte, dann wird deines auch aktiviert. Schau her!“

Er tippte zweimal auf sein Armband, dann leuchtete auf ihrem ein Display auf. „Du musst jetzt deinen Finger rechts neben das Display setzen, dann wird dein Fingerabdruck gespeichert.“ Er tippte auf sein Armband und wandte sich wieder zu Simone: „Jetzt kannst du es auch selber einschalten, aber auf die Zeitmaschine hast du keinen Zugriff. Dafür musst du in meiner Nähe sein.“ Kai zeigte Simone, wie sie das Auswahlmenü bedienen musste und wie sie die Steuerungs-App für den Babelfish fand. „Hier kannst du ihn aktivieren. Dann arbeitet der Babelfish selbstständig und findet die Sprachen von selbst. Das Armband schaltet sich ab und ist nur noch nötig, wenn du eine Sprache manuell einstellen willst.“

Simone war fasziniert: „Das wäre der Clou für meine nächste Englischarbeit.“ Aber dann kamen ihr wieder Zweifel. „Und was ist, wenn wir was sagen müssen?“, fragte sie.

Kai gab zu: „Das ist leider ein Problem. Bei uns hat eben jeder so ein Ding und deshalb kann er einfach in seiner Sprache reden und die anderen verstehen ihn. Es ist also gar nicht mehr notwendig, jede Sprache zu können. In der Vergangenheit funktioniert das leider nicht. Wir können zwar verstehen, was die anderen sagen, aber wir können nicht in ihrer Sprache sprechen. Wir müssen in einer solchen Situation am besten den Mund halten. Aber Kinder hatten ja sowieso nichts zu sagen, also dürfte es gar nicht so schwer sein.“

Nach einer kleinen Pause fügte er hinzu: „Und wenn es doch mal Probleme gibt, dann müssen wir eben so tun, als seien wir stumm. Manchen Sklaven hat man, glaube ich, die Zunge rausgeschnitten."

Simone schüttelte sich bei dem Gedanken und überlegte sich, ob sie eine Stumme spielen könnte. Vielleicht war es ja gar nicht so schwierig. Und wenn es gefährlich wurde, dann konnten sie mit der Zeitmaschine immer noch abhauen.

Aber bei diesem Gedanken kamen Simone noch ein paar Bedenken. „Und was wäre, wenn du den Rucksack verlierst? Oder wenn dieses Zeitmaschinen-Shuttle-Ding auf einmal nicht funktioniert?", fragte sie.

„Dann gibt es noch unser Sicherheitssystem, von dem ich dir erzählt habe. In den Armbändern ist eine Rückholsicherung eingebaut, deshalb müssen wir die unbedingt tragen. Damit kann uns mein Opa zurückholen, selbst wenn unser Shuttle kaputt oder verlorengegangen ist. Wenn wir länger als fünf Stunden nicht zurückkommen, dann holt er uns zurück."

„Fünf Stunden?", fragte Simone. „Das ist ja nicht wirklich lang, oder?"

„Fünf Stunden in meiner Zeit", sagte Kai etwas ungeduldig. „Ich muss die Zeit unserer Rückkehr so einstellen, dass ich innerhalb von fünf Stunden wieder zu Hause bin. Wenn ich das nicht schaffe, dann nimmt mein Großvater an, dass wir ein Problem haben und holt uns zurück. In der Vergangenheit haben wir aber ganze zwei Wochen Zeit. So lange halten die neuen Akkus für die Shuttles."

„Zwei Wochen?", erschrak Simone. „In zwei Wochen kann uns ja alles Mögliche zustoßen! Und wie mach ich das meinen Eltern klar, wenn ich auf einmal zwei Wochen verschwunden bin?“

„Du hast es wohl immer noch nicht kapiert: In unserer Zeit vergehen höchstens fünf Stunden. Ich kann ja einstellen, wann wir zurück sind. Bis deine Eltern also von der Arbeit nach Hause kommen, bist du längst wieder hier. Beruhigt?“, fragte er.

„In der Vergangenheit haben wir dagegen zwei Wochen Zeit, bis die Akkus schlapp machen. Du musst dir einfach vorstellen, dass Zeit nicht immer gleich schnell abläuft. Alles klar? Außerdem denke ich nicht daran, so lange in der Vergangenheit zu bleiben. Höchstens zwei oder drei Tage.“

Simone nickte, aber eigentlich hatte sie nichts kapiert. Immerhin war sich Kai wohl sicher, dass alles richtig funktionieren würde und dass sie wieder rechtzeitig zu Hause sein würden.

Sie packte ihre restlichen Sachen in den Rucksack, da fiel ihr noch etwas ein. „Moment“, sagte sie, lief nach oben in ihr Zimmer und suchte in ihrer Schreibtischschublade. „Mein Notizblock muss noch mit.“

Gerade als sie die Schublade schließen wollte, entdeckte sie das Schweizer Taschenmesser, das sie von ihrer Patentante zum Geburtstag bekommen hatte. „Das nehme ich auch noch mit“, murmelte sie, steckte es in den Rucksack und eilte die Treppe runter in die Küche zu Kai.

„Jetzt kann es losgehen“, sagte sie aufgeregt und sie spürte ihr Herz klopfen. Hoffentlich geht es auch gut. „Aber du musst mir wirklich versprechen, dass wir spätestens bis heute Nachmittag um vier Uhr zurück sind. Dann kommt meine Mama heim und wenn ich nicht da bin, macht sie sich Sorgen.“

Kai nickte. „Ist gut, versprochen."

Er öffnete Simones Rucksack und nahm eine Sonnenbrille heraus.

„So, die musst du aufsetzen, damit du sehen kannst, was passiert." Er setzte ihr die Brille auf und berührte eine Stelle auf seinem Armband mit dem rechten Zeigefinger und gleichzeitig erschien vor ihren Augen ein großes Display, das vor ihr im Raum schwebte. Ungefähr so hoch wie ein Computerbildschirm, aber doppelt so breit und leicht gewölbt, wie die Windschutzscheibe eines Autos.

Auf der einen Seite des großen Bildschirms, der vor ihr im Raum schwebte, sah sie eine Landkarte, auf der ein See zu erkennen war. Es erinnerte sie etwas an die Karten-App auf ihrem Handy. Am nördlichen Ufer des Sees konnte sie eine rote Zielfahne erkennen, die ihre Zielposition anzeigte. Daneben waren Koordinaten zu sehen:

32°52'50"N 35°34'10"E – Kapernaum, Jahr 30

Auf der anderen Seite des Bildschirms füllte sich ein Terminalfenster mit Zahlen und Befehlen.

„Jetzt geht's los!", rief ihr Kai zu und auf einmal sah sie, wie sich der ganze Raum aufzulösen begann. Alles schien in einen riesigen Strudel hineingesaugt zu werden. Simone bekam Panik. Da wurde sie selbst vom Strudel erfasst.

Kapitel 4: Kapernaum

Simone hatte das Gefühl, in ein unendliches, bodenloses Loch zu stürzen. Sie wusste nicht, wo oben und unten war. Vor ihren Augen sah sie nur tanzende Farben, die im Kreis herumwirbelten. Dann wurde es schwarz um sie und sie fühlte sich, als würde sie durch einen dünnen Schlauch gesaugt und ihr Körper wäre zähflüssig wie Sirup. Plötzlich war alles vorbei. Es war stockdunkel und totenstill.

„Jetzt bin ich gestorben", dachte Simone. Aber dann fühlte sie, dass sie Boden unter sich hatte. Steinigen Erdboden. Sie setzte sich hin, froh, wieder eine Orientierung zu haben. Wo der Boden ist, da muss unten sein. Vorsichtig überprüfte sie ihre Arme und Beine. Alles war noch dran und es tat ihr nichts weh. Aber immer noch konnte sie nichts sehen. Jetzt leuchtete wieder das große Display in ihrer Brille auf und zeigte die Worte:

Ziel erreicht, Mittwoch, 29. März 30, 4:10 Uhr.

Simone nahm die Brille ab. Dadurch wurde es heller und sie konnte sehen, dass sich über ihr ein perfekter Sternenhimmel wölbte. Sie erkannte, dass sie sich an einem flacher werdenden Ausläufer eines Hügels befand und im schwachen Licht des Himmels ließ sich die gekräuselte Fläche eines Sees erahnen, nicht weit von ihr entfernt. Sie waren also am Ufer eines Sees gelandet.

„Wo ist Kai?", erschrak sie und sie rief leise seinen Namen. „Kai, bist du da? Wo sind wir?"

Nun hörte sie ein Rascheln neben sich und eine leise Stimme, wie jemand, der aus einem tiefen Schlaf geweckt wurde, sagte: „Ich bin ok. Ist bei dir auch alles in Ordnung? Warte einen Moment …“

Wieder raschelte es, dann leuchtete ein heller, weißer Lichtstrahl wenige Meter von ihr entfernt auf. Kai kam hinter einem Dornengebüsch hervor, in der Hand hielt er eine winzige LED-Lampe, die ein gleißendes Licht ausstrahlte.

„Ich mach das Licht lieber wieder aus. Es ist besser, wenn wir nicht gesehen werden. Außerdem ist das Hellste, was die Menschen hier haben, eine Öllampe.“

„Die Menschen hier? Du meinst, wir sind tatsächlich in der Welt von Jesus im Jahr 30?“

„Natürlich, was hast du denn gedacht? Hast du nicht die Anzeige auf dem Display gesehen? Vielleicht ist dir das Wasser dort unten schon aufgefallen. Das ist der See Genezareth.“

„Was hast du eingestellt bei der Zeitmaschine?“, fragte Simone.

„Hast du es nicht gesehen? Kapernaum, am 29. März im Jahr 30. Jetzt sind wir also dort, wo Jesus sich aufgehalten hat. Kapernaum, das war der Ort, wo die meisten seiner Jünger herkamen. Um diese Zeit müsste er hier aufbrechen nach Jerusalem. Vielleicht treffen wir ihn sogar noch an.“

„Und warum hast du uns mitten in der Nacht hierhergebracht? Hier ist doch gar kein Dorf oder so was?“

„Ich hab mir gedacht, ich bin lieber vorsichtig. In der Dunkelheit und etwas außerhalb ist es sicherer. Hier hat bestimmt keiner gesehen, wie wir angekommen sind. Dafür sucht man sich besser einen verborgenen Ort aus. Und du hast ja gemerkt, dass es einige Zeit dauert, bis man wieder klar im Kopf ist.“

Simone verstand. Es wäre ja schon ein Schrecken für einen Menschen aus Kapernaum, wenn plötzlich aus dem Nichts zwei Menschen auftauchten. Wer weiß, wie die Leute sich dann verhielten.

Auf einmal spürte sie die Kühle der Nacht und fröstelte etwas. Sie zog die Schafwolldecke enger um sich zusammen. Es war doch ganz schön kühl, nur mit einem T-Shirt, Shorts und diesen schäbigen Klamotten bekleidet. Aber nun sah sie, wie der Himmel im Osten sich langsam aufhellte und einen rötlichen Schimmer annahm. So früh am Morgen mit einem Jungen aus der Zukunft am See Genezareth zu sitzen war ja schon ein Abenteuer, aber jetzt, wo sie den Tag anbrechen sah, wurde sie von einem wilden Tatendrang erfüllt.

„Los!“, drängte sie, „Geh'n wir. Ich möchte nach Kapernaum, vielleicht bekommen wir ja dort Jesus zu sehen.“

Kai hielt sie zurück. „Langsam“, sagte er, „wir müssen uns sehr vorsichtig verhalten. Alles, was wir hier durcheinanderbringen, hat Auswirkungen auf die spätere Zeit. Wir sollten uns möglichst versteckt halten und mit niemandem direkten Kontakt aufnehmen.“

Er deutete in Richtung der Morgendämmerung: „Kapernaum müsste dort liegen, und dort zum See hin sind die warmen Quellen von Tabgha. Dort gehen die Fischer von Kapernaum hin zum Fischen.“

Sie erreichten einen Karrenweg mit tiefen Fahrrillen, der am Ufer des Sees entlangführte. Dies musste die Handelsstraße sein, auf der auch Jesus unterwegs war, wenn er von Nazareth nach Kapernaum ging. Inzwischen war es etwa fünf Uhr am Morgen und der östliche Himmel überzog sich mit einem rosaroten Schein. Sie konnten immer mehr erkennen: den See zu ihrer Rechten, links zogen sich einige Hügel hinauf – später wird man sie den Berg der Seligpreisungen nennen.

Vor ihnen tauchte ein kleines Gebäude auf. Eine Hütte, gebaut aus Lehm. Sie war vielleicht drei Meter breit und fünf Meter lang, mit einem flachen Dach. Kein Geräusch deutete darauf hin, dass sie bewohnt war. Sie machte einen heruntergekommenen Eindruck, die Wände waren teilweise bröckelig und ringsum wuchs hohes Dornengestrüpp.

„Ein Haus!“, flüsterte Simone. „Ich glaube nicht, dass da jemand wohnt. Wollen wir mal nachsehen?“

Vorsichtig schlichen sie sich an und lauschten. Nichts war zu hören. Das Haus hatte eine quadratische Fensteröffnung an einer Längsseite und eine Türöffnung an der Schmalseite. Eine Tür fehlte. Das Fenster lag so hoch, dass Kai sich auf die Zehenspitzen stellen musste, um vorsichtig hereinlinsen zu können. Nichts war zu sehen, außer Dunkelheit.

Sie schlichen um das Haus herum zur Türe. Simone hielt den Atem an. War da etwas? Ein Rascheln?

Kai nahm allen Mut zusammen und ließ seine Taschenlampe kurz aufblitzen. Etwas raschelte und er fühlte, wie sich ihm die Nackenhaare aufstellten. Im Lichtschein huschte ein kleines Tier davon. Erleichtert atmete Kai auf. Es war wohl nur eine Ratte gewesen, ansonsten war das Haus leer.

Es bestand aus einem einzigen Raum mit einem gestampften Lehmboden. Hinten, auf einem Regal, standen einige Krüge aus Ton. An der Wand lehnten Stöcke, wie von einem Schäfer, außerdem gab es Körbe und Decken.

„Ganz unbewohnt sieht das aber nicht aus", sagte Simone.

„Ich glaube, das ist eine Hütte für Hirten", flüsterte Kai. „Wenn sie mit ihrer Herde außerhalb der Stadt unterwegs sind, dann können sie sich hier aufhalten. Vielleicht ist auch noch jemand in der Nähe. Gehen wir lieber weiter."

Nachdem sie sich einige hundert Meter entfernt hatten, sahen sie plötzlich ein schwaches Licht vor sich in der Dunkelheit. Erschrocken duckten sie sich in die Büsche am Wegrand und warteten einige Zeit. Es flackerte etwas, aber es bewegte sich nicht von der Stelle. Vorsichtig schlichen sie im Schutz der niedrigen Sträucher etwas näher heran. Nun konnten sie ein flaches Gebäude erkennen, das sich neben der Straße befand. Davor war ein breiter Tisch aufgebaut und dort stand eine Öllampe. Am Tisch saß ein Mann und starrte trübsinnig in das Licht. Simone lauschte: Der Mann redete in einer fremdartigen, kehligen Sprache.

„Mit wem spricht er?", wisperte Simone. „Kannst du jemanden sehen?"

Kai spähte angestrengt durch die Dämmerung. War da noch jemand im Haus? Aber er konnte nichts erkennen. Keine Bewegung, kein Schatten deutete darauf hin, dass noch ein weiterer Mensch dort war. Und doch redete der Mann laut und deutlich, als wäre er in einer Diskussion. Aber niemand antwortete und offensichtlich erwartete er das auch gar nicht, denn er machte keine Pausen oder drehte sich zum Haus um.

„Ich kann nichts erkennen", gab Kai schließlich flüsternd zurück. „Ich glaube, der redet mit sich selbst. Setz dir den Babelfish ein, dann verstehen wir, was er sagt."

Den was? Simone brauchte eine Weile, bis ihr wieder einfiel: der Babelfish, das war dieses winzige Übersetzungsgerät. Sie steckte sich die Ohrstöpsel in die Ohren und huschte zusammen mit Kai im Schutz der Büsche noch ein Stück weiter vor.

Nun konnten sie einzelne Worte aufschnappen. Offensichtlich schimpfte der Mann oder er war ziemlich verärgert. Als sie sich noch näher heranwagten, wurde es deutlicher. Nur verstehen konnte Simone immer noch nichts.

„Warum verstehe ich nichts?" Kai deutete auf sein Armband: „Du musst sie einmal aktivieren!" Simone tippte die App an, um den Babelfish zu starten. Auf einmal saß sie mit offenem Mund da. In ihrem Ohr klang es klar und deutlich:

„Diesen Levi[8] sollen die Geier holen, verdammt noch mal. Haut einfach ab und ich kann mich jetzt um den ganzen Dreck hier kümmern. Bei meinem alten Posten könnte ich jetzt noch schlafen, da gab es keinen Fischereizoll. Gleich kommen wieder diese aufsässigen Fischer mit ihrem Fang von heute Nacht und ich muss alleine abkassieren. Viel zu holen ist bei denen sowieso nicht. Wo gibt's denn so was? Lässt der Kerl einfach seine Arbeit im Stich, nur weil er so einem dahergelaufenen Prediger nachläuft. Von einem Tag auf den anderen läuft er davon. Bloß weil dieser Jeshua zu ihm sagt: Levi, komm mit mir! Ha! Er wird schon sehen, wie weit er kommt mit diesem Wanderprediger aus Nazareth."

„Jeshua aus Nazareth – das ist Jesus! Hey, der redet tatsächlich von Jesus!", Simone gab Kai einen Stoß in die Rippen. „Also ist er hier gewesen. Wenn ich ihn doch bloß etwas fragen könnte! Jetzt sagt er nichts mehr. Er holt eine kleine Truhe raus."

„Das ist sicher eine Zollstation“, flüsterte Kai. „Die gab es rund um den See überall, weil hier verschiedene Provinzen waren. Wahrscheinlich kommen jetzt bald die Fischer, von denen er geredet hat.“

Tatsächlich waren vom Seeufer her Geräusche zu hören und dunkle Schatten zu erkennen, die auf sie zukamen. Es war eine Gruppe von Männern, die mit schweren, müden Schritten zur Uferstraße hinaufstapften.

Die Fischer kamen näher und bald konnten Simone und Kai sie genauer erkennen. Sieben bärtige, raue Gestalten, die abgearbeitet und müde wirkten. Auf den Schultern schleppten sie geflochtene Körbe, die ihren Fang enthielten. Je näher sie kamen, desto mehr konnten Kai und Simone die Feindseligkeit spüren, die von ihnen ausging. Offensichtlich waren sie nicht gut auf den Zöllner zu sprechen.

Als sie die Zollstation erreichten, spuckte einer von ihnen demonstrativ dem Zöllner vor die Füße. Die anderen lachten und begannen, ihn zu verspotten:

„Na, Schmuel, kriegst du überhaupt schon die Augen auf so früh am Morgen?“

„Sieh ihn dir doch an, diesen Gierschlund, wenn's um Geld geht, dann sind sie hellwach, die Zöllner.“

„Los, Blutsauger, sag schon, was du kriegst. Einen kleinen Fisch gefällig?“ Er bewarf den Zöllner mit einem ausgeweideten Fisch. Schmuel wischte sich mit angewidertem Gesicht den Schleim ab, aber immer noch schwieg er.

„Dein Vorgänger, der Levi, hat eingesehen, dass das kein Beruf ist für einen Juden, Römerknecht!“

Schmuel ging nicht auf die Beschimpfungen und Provokationen ein. „Los, ihr wisst doch, dass ihr Zoll zahlen müsst. Wenn nicht ich hier sitze, dann macht's ein anderer. Also macht keinen Aufstand, sonst muss ich es den Römern melden. Und das will keiner von uns."

Und mit einem drohenden Unterton fügte er hinzu: „Ihr wisst, was damals mit Sepphoris[9] passiert ist!"

Man konnte sehen, wie einige der Fischer die Faust ballten. Simone und Kai duckten sich tiefer in ihr Versteck.

„Ich glaube, die explodieren gleich", raunte Kai Simone zu. „Hoffentlich gibt das jetzt kein Gemetzel."

Doch da schob sich einer der Fischer von hinten durch die angriffslustigen Reihen. „Hört auf, zu provozieren", mahnte er. „Ihr wisst doch, es bringt nichts. Gebt ihm schon, was er verlangt."

Murrend stellten die Fischer ihre Körbe ab und zahlten dem Zöllner, was er von ihnen forderte. Die Lage entspannte sich. Dann zogen die Fischer mit ihrem Fang weiter in Richtung Kapernaum. Inzwischen war die Sonne im Nebeldunst über dem Ostufer des Sees zu sehen und es begann langsam, hell zu werden.

„Komm, wir folgen ihnen", flüsterte Kai. „Vielleicht erfahren wir was Wichtiges. Viele Jünger sind ja Fischer gewesen."

Vorsichtig, immer im Schutz der dornigen Sträucher, die die Straße säumten, folgten die beiden den Männern. „Und wenn sie uns entdecken?", fragte Simone. „Dann tun wir eben so, als würden wir irgendetwas suchen. Eine Ziege oder so. Vergiss nicht, Kinder werden nicht besonders beachtet."

Angestrengt lauschten die beiden dem Gespräch der Fischer und langsam konnten sie sich ein Bild über sie machen.

Die beiden Hitzköpfe, die am liebsten auf den Zöllner losgegangen wären, hießen Baruch und Malachia. Der ruhige, der die anderen ermahnt hatte, war Bar Jonas. Simone und Kai waren wie elektrisiert, als sie die Namen Simon und Andreas hörten. Simon und Andreas, die Brüder. Simon, das war Simon, genannt Petrus. Sie sprachen über den wichtigsten Jünger Jesu.

„Der Simon, ist das nicht dein Cousin?", hörten sie einen der Fischer zu Bar Jonas sagen. „Der ist doch auch abgehauen, wie dieser Levi vom Zoll. Der ist doch auch mit diesem Wanderprediger mitgegangen, mit Jeshua."

„Ja, du hast Recht", erwiderte Bar Jonas. „Ich weiß auch noch nicht, was ich davon halten soll. Jeshua hat ihm einen neuen Namen gegeben, er nennt ihn Petrus, den Felsen. Sein Bruder Andreas ist auch weg. Ich kann dir sagen, in der Familie geht es drunter und drüber, weil zwei wichtige Arbeitskräfte fehlen. Ihr Vater ist ganz schön sauer."

„Wir haben eine Spur!", flüsterte Simone aufgeregt. „Petrus und Andreas, die ersten Jünger. Und von Jesus haben sie auch geredet. Ob wir ihn sehen werden?"

„Ich weiß nicht", zweifelte Kai, „sie haben ja gesagt, dass die beiden Brüder weg seien. Wahrscheinlich sind sie mit Jesus schon auf dem Weg nach Jerusalem. Aber immerhin, wir haben seine Spur aufgenommen. Jetzt müssen wir nur sehen, wie wir ihn verfolgen."

Sie hatten die Stadt Kapernaum erreicht und die Fischer verabschiedeten sich voneinander. Jeder ging in eine andere Richtung. Simone und Kai duckten sich in eine schmale Gasse, die von einigen armseligen Häusern gebildet wurde. Noch war es sehr früh am Morgen und es war noch kein Mensch auf den Straßen zu sehen.

„Sag mal", fragte Simone, „was hat der eigentlich vorher gemeint, dieser Zöllner?"

„Wie gemeint? Was meinst du?"

„Na da, wo er gesagt hat, denkt an Sef... – wie hieß das? Sefforis oder so? Was ist das?"

„Keine Ahnung. Aber es muss wohl irgendetwas Schreckliches sein. Auf jeden Fall hat es Eindruck auf die Fischer gemacht."

Kapitel 5: Zeloten

„Was machen wir jetzt?“, fragte Simone, nachdem sie eine Weile an ihrem Platz verharrt hatten und jeder seinen Gedanken nachgehangen war. Nun waren sie also tatsächlich in Kapernaum in einer längst vergangenen Zeit. Die Zeitmaschine hatte funktioniert. Immer noch kam es Simone völlig unwirklich vor, wie in einem Traum. Wenn da nicht der staubige Boden unter ihren Füßen gewesen wäre und die Kratzer an ihren nackten Waden und Armen von den Dornensträuchern, durch die sie sich bei ihrer Verfolgung der Fischer immer wieder durchwinden mussten, um versteckt zu bleiben.

„Schauen wir uns mal dieses Kapernaum an und hören, was die Leute so sagen“, schlug Kai vor.

Etwas ziellos schlenderten die beiden durch die engen Gassen zwischen den Häusern. Die Sonne stieg immer höher und langsam begann es, richtig heiß zu werden. Viele der engen Gassen waren daher durch Palmwedel und geflochtene Strohmatten überdeckt, durch die nur ein gedämpftes Licht drang und die auch die ärgste Hitze abhielten.

Sie sahen ein größeres Gebäude mit Säulengängen und einer Halle. Es war die Synagoge[10], in deren Hof einige Schüler von einem Rabbi[11] unterrichtet wurden. Simone und Kai blieben eine Weile im Schatten der Mauer stehen und lauschten.

Der Lehrer sprach Sätze aus der Tora vor und die Jungen sprachen nach. Dann musste jeder noch einmal das Gelernte wiederholen. Es war ganz offensichtlich: Sie lernten Texte der Tora auswendig. Mädchen waren keine zu sehen, denn Lernen und Bildung war Männersache.

„Die lernen alles auswendig! Ein Glück, dass wir das nicht mehr müssen. Ich glaube, das würde ich nicht in meinen Kopf kriegen", meinte Simone.

„Du hättest das ja gar nicht gemusst. Die Mädchen hatten es viel besser damals, die mussten ja nicht pauken."

„Was ist denn daran besser? Dafür mussten sie die ganze Hausarbeit machen und auf dem Feld helfen – da würde ich lieber in die Schule gehen", entgegnete Simone aufgebracht. „Wer nichts gelernt hat, der kann leichter unterdrückt werden. Was glaubst du wohl, warum es so lange gedauert hat bis zur Gleichberechtigung von uns Frauen? Weil nur die Jungs etwas lernen durften!"

„Na ja", lenkte Kai ein, „du hast ja Recht. Aber jetzt sollten wir weiter gehen. Ich bin gespannt, was wir noch zu sehen bekommen."

Sie gingen weiter und sahen verschiedenen Leuten bei der Arbeit zu: Ein Töpfer formte auf einer einfachen Drehscheibe Tongefäße, die er dann in einen Lehmofen zum Brennen schichtete. Ein Mann schnitt Feigenbäume aus, damit die Früchte besser gedeihen konnten.

In einem Hof sahen sie, wie zwei Mädchen mit einer Getreidemühle Mehl herstellten. Es war eine schwere Arbeit und die Mädchen keuchten vor Anstrengung, als sie zu zweit den schweren Mahlstein drehten. Ihre Mutter kam immer wieder mit einem Gefäß aus dem Haus, um das fertige Mehl zu holen. Sie formte daraus flache Brotfladen, die sie in einem Ofen draußen auf dem Hof ausbackte. Fast bei jedem Haus gab es solch einen Hof, in dem sich ein Ofen befand und an den sich oft noch weitere kleine Gebäude oder Schuppen angliederten. Arme Leute wohnten dagegen in Lehmgebäuden, die oft nur einen einzigen Raum hatten.

Die Gasse zum Ufer hin war gesäumt von Händlern. Frauen hockten auf dem Boden, vor sich eine Decke, auf der sie getrocknete Feigen und Datteln ausgebreitet hatten. Daneben war der Stand eines Metzgers, der frisch geschlachtetes Fleisch anbot. Ständig wedelte er mit einem geflochtenen Fächer aus Palmwedeln, damit die Fliegen sich nicht auf dem Fleisch niederließen. Aber es war ein aussichtsloser Kampf. Kaum hatte er sich eine Ruhepause gegönnt, waren die aufgehängten Fleischstücke mit zahlreichen, grün schillernden Fliegen besetzt.

Kai schüttelte sich, als er die Fliegen sah. „Ich könnte nie davon essen! Überhaupt, bei dieser Hitze, da ist das Fleisch ja sofort verdorben."

Simone zupfte ihn am Ärmel: „Schau mal, da ist unser Fischer von heute Morgen. Wie hat er noch geheißen? Bar Jonas, glaube ich. Bei dem ist aber ein Andrang."

Tatsächlich hatte sich um den Verkaufsstand des Fischers eine regelrechte Ansammlung von Menschen gebildet. Irgendetwas Aufregendes schien sie zu beschäftigen. Simone und Kai drängten sich durch die Menge hindurch, um mitzubekommen, wovon die Leute redeten. Sie duckten sich hinter ein großes Tongefäß mit eingelegten Oliven.

„Ich sag dir, das wird noch ein schlimmes Ende nehmen!", hörten sie einen älteren Mann sagen.

„Wenn die Römer das mitbekommen, werden sie furchtbare Rache nehmen. Wir sind alle in Gefahr!", stieß ein anderer mit heiserer Stimme hervor. „Wir müssen etwas unternehmen, bevor es zu spät ist!"

„Eleaser und Jochanan sind doch schon weg und es gibt keine Beweise und keine Zeugen", konnten sie die ruhige Stimme des Fischers Bar Jonas vernehmen.

„Was ist denn eigentlich passiert?", fragte mit heller Stimme eine Marktfrau, die wohl gerade neu dazugekommen war.

Die Umstehenden erklärten es ihr. In der Nacht war ein Mann ermordet worden. Ein Steuereintreiber der Römer. Daniel war sein Name, ein Jude aus Tiberias. Er war regelrecht hingerichtet worden. Früh am Morgen, noch vor Anbruch der Dämmerung, hatte man ihn auf dem Platz vor der Synagoge gefunden. Mit Armen und Beinen war er an eine Säule gefesselt, dort hing er dann in halber Höhe. Seine Mörder hatten ihm eine große Zahl römischer Münzen in den Hals und in den Mund gestopft. Daran musste er wohl erstickt sein. Ein tiefer Stich in die Brust hatte zusätzlich die Lunge zerstört und schließlich sein Leben beendet. Es musste qualvoll gewesen sein. Um den Hals hatte man ihm ein Schild gebunden mit einem Zitat aus der Tora: *„Du sollst das Böse aus deiner Mitte wegtun!"*[12]

„Und was passiert jetzt?", fragte die Frau aufgeregt.

„Wir konnten den Leichnam beseitigen, bevor eine römische Patrouille vorbeikam. Erstmal besteht kein Grund zur Aufregung", beschwichtigte einer.

„Aber die Römer werden ihn suchen. Vergiss nicht, Daniel war Steuereintreiber. Er hat für die Römer gearbeitet. Und damit stand er auch unter römischem Schutz."

„Wir werden das Gerücht streuen, dass er gestern Abend noch mit dem Boot hinausgefahren ist. Dort muss ihm wohl etwas zugestoßen sein. Der See gibt so schnell keinen Leichnam her."

„Und was ist mit Eleaser und Jochanan?", fragte einer. „Sie sind heute nicht bei der Arbeit gewesen. Das fällt doch auf. Die Römer werden eine Untersuchung machen."

„Wir werden sagen, sie sind Jeshua nachgelaufen – so wie Simon und die anderen", schlug die Stimme von Bar Jonas vor.

„Aber wo sind sie wirklich?", beharrte der Fragesteller.

„Sie sind hinüber ans andere Ufer, in die Grabhöhlen in der Gegend von Gergesa[13]. Die Römer fürchten sich vor den Gräbern, weil sie glauben, dass dort Dämonen hausen. Es ist ja auch ein unheimlicher Ort."

„Dann sind sie tatsächlich zu den Zeloten[14] gegangen. Na ja, ich habe es mir schon immer gedacht. Eigentlich habe ich es erwartet."

„Die beiden haben oft radikale Ansichten geäußert und ihr Hass auf die Römer war auch nicht zu übersehen. So, und nun steht hier nicht alle herum, sonst fallen wir noch auf."

Langsam zerstreute sich die Menge, bis nur noch zwei der Fischer bei Bar Jonas standen.

„Hört mal zu, könnt ihr etwas für euch behalten?", fragte Bar Jonas, diesmal in beschwörendem Flüsterton.

„Ich brauche noch zwei, die dichthalten können. Ich fahre heute Nacht nicht zum Fischen, sondern über den See. Jochanan und Eleaser werden noch einige Dinge brauchen für das Leben in den Höhlen. Also, kommt ihr mit?"

Die beiden sahen sich an und nickten dann.

„Gut, wir treffen uns heute Nacht in der Mitte der zweiten Nachtwache[15] an meinem Boot."

Die beiden verschwanden. Als Bar Jonas Simone und Kai den Rücken zukehrte, huschten sie aus ihrem Versteck und gingen möglichst unauffällig weiter, so, als würden sie sich die Waren ansehen.

„Oh je, da sind wir ja in etwas hineingeraten!“, sagte Kai. „Mord und Geheimniskrämerei, das ist ja wie im Krimi.“

„Was sind Zeloten?“, fragte Simone.

„Weiß ich auch nicht so genau – irgendeine Widerstandsgruppe der Juden.“

Er blieb stehen und seine Augen funkelten abenteuerlustig: „Weißt du was? Wir gehen mit auf das Schiff. Das klingt echt spannend: Widerstandskämpfer, die sich vor den Römern verstecken, in einer Höhle. Das will ich sehen. Dann haben wir auch was zu erzählen.“

Simone war es nicht so ganz wohl bei der Sache. „Eine Grabhöhle, haben sie gesagt. Ich finde das nicht so toll. Und was ist, wenn sie uns erwischen? Und außerdem“, sagte sie in einem Anflug von Hoffnung, „du weißt ja gar nicht, auf welchem Boot sie sich verabredet haben. Ich glaube, wir lassen das lieber. Wir wollten doch nach den Spuren von Jesus suchen. Der ist bestimmt nicht bei diesen Zeloten.“

Kai drängte sie: „Komm, sei nicht langweilig! Zu Jesus kommen wir schon noch. Aber das will ich mir unbedingt ansehen. Außerdem, was soll uns schon passieren? Wenn es gefährlich wird, starte ich die Zeitmaschine und – wupp – sind wir weg.“

Simone schwieg lange, während sie weitergingen. Der Gedanke machte ihr Angst. Andererseits, vielleicht hatte Kai ja recht? Spannend war es bestimmt bei diesen Zeloten. Und stimmte es nicht, was er sagte? Was sollte schon geschehen? Zur Not hatten sie ja wirklich ihre Zeitmaschine und konnten sich aus dem Staub machen.

„Also gut!“, willigte sie ein. „Versuchen wir's. Aber versprich mir, dass wir sofort mit der Zeitmaschine verschwinden, wenn es gefährlich wird.“ Wieder schwieg sie eine Weile und grübelte über Kais Plan nach. Da gab es gleich zu Beginn ein Problem: „Sag mal, wie willst du eigentlich das Boot finden? Und freiwillig werden die uns auch kaum mitnehmen.“

„Ich hab mir das schon überlegt“, antwortete Kai. „Wir gehen runter zum See, zu der Stelle, wo die Boote liegen. Dort warten wir, bis sie kommen. Und dann klettern wir im Schutz der Dunkelheit heimlich mit an Bord. Auf so einem Schiff kann man sich bestimmt irgendwo verstecken.“

Sie verbrachten den Rest des Tages damit, die Gegend zu erkunden und sie hatten bald den Weg zu den Schiffen in einer kleinen Bucht nahe bei Kapernaum gefunden. Als es dämmerte, machten sie sich auf den Weg zum Hafen, um sich dort ein kleines, gemütliches Versteck einzurichten, wo sie den Weg und die Boote beobachten konnten.

Die Stunden vergingen langsam und zäh. Es war ziemlich dunkel, nur das Licht des Mondes und der Sterne warfen einen blassen Schimmer auf die Boote, die vor ihnen im Wasser schaukelten. Dort, wo Kapernaum lag, war es stockdunkel. Keine Straßenbeleuchtung oder sonstigen Lichter, wie man sie im 21. Jahrhundert rund um den See gesehen hätte. Die Stille und das Gluckern der Wellen an den Bootskörpern wirkte gespenstisch. Ab und zu hörten sie einen Nachtvogel schreien.

Simone war gerade eingenickt, da stieß Kai sie an.

„Sie kommen!“, flüsterte er leise. „Halt dich bereit!“

Sie setzten ihre Rucksäcke auf und spähten in die Nacht. Tatsächlich, dort am Weg waren im schwachen Licht des Mondes Bewegungen zu erkennen. Da kamen Leute näher. Sie sprachen nichts, aber ab und zu konnte man ihr Keuchen hören. Offenbar schleppten sie schwere Säcke.

Nun hatten sie das Ufer erreicht und hielten Kurs auf das Boot, das Kai und Simone am nächsten lag. Drei Männer waren es. Sie wateten ins Wasser und hievten ihr Gepäck über die Bordwand. Zwei ergriffen die Ruder, der dritte löste die Halteleine, die das Boot an Land hielt.

„Los! Jetzt!“, kommandierte Kai flüsternd. Sie versuchten, möglichst geräuschlos und schnell im flachen Wasser zum Boot zu gelangen und zogen sich am Heck des Bootes vorsichtig hinein. Kai hielt die Luft an und wagte kaum, zu atmen. Simones Herz hämmerte wie wild und sie fürchteten schon, entdeckt zu werden, aber die Männer waren mit dem Ablegen beschäftigt und bemerkten die beiden nicht.

Das Schiff war etwa zehn Meter lang und fast drei Meter breit. Dort, wo Simone und Kai eingestiegen waren, lagen dicke Bündel von Netzen und Seilen. Es roch nach Fisch und nach modrigem Schlamm.

„Wir kriechen unter die Netze“, sagte Kai.

„Das stinkt aber eklig“, protestierte Simone. Dennoch folgte sie Kai und kroch unter den feuchten Haufen. „Hoffentlich werde ich nicht seekrank bei dem Geschaukel“, dachte sie sich.

Plötzlich kamen sich beide sehr hilflos und ausgeliefert vor. Ein Fischerboot zur Zeit Jesu, das war doch etwas anderes als ein modernes Schiff und sicherlich nicht sehr seetüchtig. Was wäre, wenn sie kenterten und untergingen? Worauf hatten sie sich nur eingelassen? Aber nun war es zu spät. Nun waren sie auf Gedeih und Verderb auf die drei Männer im Boot angewiesen, die auf den See hinausruderten.

Kapitel 6: Die Höhle

Als sie auf dem offenen See waren, hörten die Männer auf zu rudern und setzten ein Segel. Es war ein großes, rechteckiges Tuch, dessen lange Seite an einer Holzstange befestigt war. Diesen Rahbaum zogen sie am Mast hoch, sodass der Wind das Segel aufblähte. Das Boot gewann an Fahrt. Kai spähte durch das Gewirr von Netzen und Lumpen, das sie bedeckte, aber er konnte nur die dunklen Schatten der Fischer erkennen, die sich weiter vorne im Boot aufhielten.

Plötzlich erstarrte er: Einer der Schatten kam direkt auf ihn zu. Kai kauerte sich, so gut es ging, zusammen und hielt die Luft an. Wenn sie jetzt entdeckt würden! Hoffentlich warfen die Männer sie nicht ins Wasser. Bei aller Abenteuerlust hatte er gar nicht daran gedacht, dass diese Leute auch gefährlich sein könnten. Immerhin war schon ein Steuereintreiber getötet worden.

Am Knarren der Bootsplanken konnte er hören, dass er immer näherkam. Dann war der Kerl direkt über ihnen. Wenn er jetzt das Netz aufhob, dann war alles zu spät. Kai konnte förmlich seine Nähe fühlen. Er spürte ein Kribbeln in der Nase. Jetzt bloß nicht niesen! Der mächtige dunkle Schatten hielt einen Moment inne. Ob dem Fischer etwas verdächtig vorkam? Einen unendlich langen Moment, so erschien es Kai, stand er ganz nahe bei ihnen, aber dann ging er weiter nach hinten ins Boot. Kai atmete auf. Er hatte seinen Finger schon auf seinem Armband und hätte vor Panik beinahe die Zeitmaschine gestartet. Aber natürlich, der Mann war ans Steuerruder gegangen. Nun lagen sie in ihrem Versteck zwischen den Männern und kamen sich vor wie in einer Falle. Die beiden anderen waren vorne im Boot. Einer kümmerte sich um die Takelage, der andere hatte am vorderen Bug Position eingenommen und suchte den Horizont nach etwas ab.

Das Boot schaukelte und schwankte hin und her. Simone und Kai mussten dagegen ankämpfen, dass ihnen nicht schlecht wurde. Die Lumpen und Netze, unter denen sie lagen, strömten einen unangenehmen Geruch nach altem Fisch und Tang aus. Irgendetwas tropfte Simone ins Genick und sie spürte, wie ihr die Tropfen langsam am Hals entlangrannen. Die Fahrt kam ihnen wie eine Ewigkeit vor. Die Männer schwiegen die meiste Zeit, nur gelegentlich gab einer ein paar kurze Anweisungen. Sonst war nichts zu hören, nur das Klatschen der Wellen, das Ächzen der Holzplanken und das Schlagen des Segels.

Endlich wurde die eintönige Stille unterbrochen. Unter den Fischern gab es Bewegung. Einer hatte etwas gesehen. Simone und Kai lauschten. „Da, da ist es wieder, ein Licht!", sagte einer mit gedämpfter Stimme. „Da vorne sind sie. Wir müssen das Segel einholen und weiter hier hinüber rudern."

„Vorsicht, warte noch, bis sie das Zeichen gegeben haben, es könnte auch eine römische Patrouille sein."

Kai spähte durch eine kleine Lücke zwischen den Netzen angestrengt nach vorne, aber er konnte nur eine felsige Küste in der Dunkelheit erahnen. Doch, da – da leuchtete ein schwacher Lichtschein auf, nicht heller als eine Kerze. Das Licht ging einmal an, dann wieder aus, dann wieder an und schließlich bewegte es sich in einem Kreis.

„Da, das war unser Zeichen!", wisperte wieder die Stimme des Ausgucks am Bug. „Sie sind es. Los, fahren wir hin!"

Nach hinten, zu seinem Kollegen am Steuerruder, rief er: „Du musst den Kurs noch etwas weiter nach links halten, Bar Jonas!"

Während Bar Jonas hinten beim Steuer blieb, machten sich die beiden anderen Fischer am Segel zu schaffen. Sie ließen den Rahbaum herab und rafften das Segel zusammen. Danach knieten sie an den Seiten des Bootes und ruderten in Richtung des Ufers.

Kai wagte wieder vorsichtig einen Blick zwischen den Netzen nach draußen und er konnte dunkle Felsen erkennen, auf die sich das Boot zubewegte. Hoffentlich zerschellen wir nicht, dachte er. Aber die Fischer waren geübt in der Navigation und schafften es, das Boot zwischen den Felsen hindurch in eine schmale Bucht zu steuern. Mit einem leichten Knirschen lief es auf Grund. Vom Land hörten sie mehrere Stimmen. Einer der Wartenden warf ein Seil hinüber und das Boot wurde festgezurrt. Sie waren gelandet.

Die Männer, die sie schon erwartet hatten, halfen beim Ausladen der Säcke, die für die Zeloten bestimmt waren. Einen kurzen Moment standen die drei Fischer und die Männer vom Ufer zusammen. Kai und Simone nutzten diese Zeit, um unbemerkt aus dem Boot zu klettern und sich in der Nähe zu verstecken. Sie hörten, wie sich die Männer unterhielten:

„Wie geht es Eleaser und Jochanan?"

„Gut, gut, Freunde. Sagt Eleasers Frau, sie soll sich keine Sorgen machen. Sie sind sicher."

„Danke, dass ihr die Sachen gebracht habt und auch etwas zu essen. Es ist nicht leicht, dort in den Höhlen an Lebensmittel zu kommen. Die Leute in den Dörfern haben Angst, uns zu unterstützen. Erst vor kurzem haben die Römer einen Mann aus Gergesa gekreuzigt, nur so auf Verdacht."

Bar Jonas und seine beiden Begleiter verabschiedeten sich: „Shalom euch allen. Wir müssen uns beeilen, damit wir wieder in Kapernaum sind, wenn die anderen vom Fischen zurückkommen. Es fängt schon an zu dämmern. Bald wird die Sonne am Himmel stehen. Und etwas fangen sollten wir auch noch unterwegs." Die drei Fischer stiegen wieder ins Boot und begannen, abzulegen. Bald war das Boot nicht mehr auf dem See zu erkennen.

Die Zeloten luden sich das Gepäck auf und machten sich auf den Weg. Es mochten vielleicht neun oder zehn sein, so genau konnten Kai und Simone das nicht erkennen. Was sie aber sehen konnten, war, dass jeder einen langen Dolch am Gürtel trug, einige hatten auch noch ein Schwert umgeschnallt.

„Los hinterher! Aber pass genau auf, wo du hintrittst!", sagte Kai, dessen Abenteuerlust schon wieder erwacht war.

„Bist du sicher, dass wir das tun sollen?", zweifelte Simone. „Ich glaube, das war doch keine so gute Idee. Die sehen ziemlich gefährlich aus."

Aber Kai ging nicht darauf ein und zog sie mit sich. Simone stolperte hinterher. Sie mussten sich beeilen, um mit den Männern Schritt zu halten. Anfangs ging es noch sanft aufwärts, dann wurde das Gelände zunehmend steiler. Ihr Weg führte zwischen Felsen und dornigem Gestrüpp immer weiter hinauf. Manchmal schien es, als gäbe es gar kein Weiterkommen in der öden Landschaft, aber dann fand sich doch wieder ein schmaler Pfad, auf dem sie weiter an Höhe gewannen. Eine halbe Stunde waren sie nun schon unterwegs, immer weiter weg vom See, der dunkel mit einem rosa Schein von der aufgehenden Sonne hinter ihnen lag. Immer weiter drangen sie in das karge, menschenverlassene Gebirge vor. Ab und zu konnten sie Löcher und kleinere Höhlen in den Felsen erkennen, manche waren mit Steinen verschlossen.

Die Gruppe der Zeloten stoppte plötzlich. Einige schauten sich vorsichtig um, um sich zu vergewissern, dass sie nicht gesehen würden. Kai und Simone duckten sich tief hinter einen Stein. Zwei Männer begannen nun, einige Steine wegzuräumen. Die schmale, schwarze Öffnung einer Grabhöhle öffnete sich vor ihnen. Sie waren offenbar am Ziel.

Ohne sich lange aufzuhalten, stiegen die Zeloten hintereinander in die Höhle. Als der letzte verschwunden war, warteten Kai und Simone eine Weile. Nichts bewegte sich. Die Zeloten hatten den Eingang offengelassen und auch keine Wache aufgestellt. Offensichtlich fühlten sie sich sicher in ihrem Versteck.

Als sich die Sonne am Horizont zeigte, wagten sich Simone und Kai an das Höhlenloch. Der Eingang war nicht besonders groß, gerade so, dass ein Erwachsener hindurchpasste. Dann aber weitete sich die Höhle schnell aus zu einer größeren Kammer. Auf beiden Seiten waren Nischen in die Wände gemeißelt. In einigen davon konnten sie verfallene Körper erkennen, die in Leintücher und Binden gehüllt waren. Nach ihrem Zustand zu urteilen, waren sie schon ziemlich alt, die Stoffe waren grau und zerschlissen. Ein muffiger, modriger Geruch hing in der Luft. In manchen der Nischen sahen sie kleine Steinkästen, sogenannte Ossuare[16], in denen die Knochen von längst verstorbenen Menschen aufbewahrt wurden.

Simone fühlte sich unwohl. Sie spürte ein Gefühl von Übelkeit in ihrem Hals hochkriechen. Was für ein schauriger Ort. Sie fasste Kai an der Hand und spürte, dass dieser fest ihre Hand umschloss. Sicher erging es ihm nicht anders. „Mir gefällt das hier gar nicht. Da liegen Tote! Lass uns verschwinden. Bitte."

„Wo sind sie hin?", fragte Kai. „Ich glaube, die Gräber hier sind nur der Anfang. Vielleicht sollen sie Eindringlinge abschrecken. Irgendwo muss es noch weitergehen." Er zog Simone ein Stück weiter in die Höhle und blieb dann stehen. Sie lauschten. Von innen konnten sie die Kühle spüren und einen leichten Lufthauch. Gedämpfte Stimmen waren von weit her zu hören. Sollten sie weitergehen?

Langsam gewöhnten sich ihre Augen an die Dunkelheit und sie konnten am Ende der Grabkammer einen Gang erkennen. Hier waren die Zeloten also verschwunden.

„Also los!", entschied Kai, um seine eigene Unentschlossenheit und Furcht zu überwinden. „Wird schon schiefgehen. Die Toten hier werden uns jedenfalls nichts tun. Schließlich glauben wir nicht an böse Geister." In keinem Fall wollte er vor Simone zeigen, dass ihm auch nicht ganz wohl war, nun in diese Finsternis einzudringen. Er ging los und zog sie an der Hand hinter sich her.

In der Höhle war es kühl, aber relativ trocken. Sie tasteten sich vorsichtig voran, denn inzwischen war jeder Lichtschein verschwunden und sie wagten nicht, eine Lampe anzumachen. Weiter im Inneren der Höhle konnten sie immer noch die Männer hören. Der Gang gehörte zu einer natürlichen Höhle, aber er war teilweise künstlich erweitert worden. Trotzdem gingen sie gebückt, denn an manchen Stellen war die Decke so niedrig, dass sie sich einige Male den Kopf anstießen.

Der Gang bog einmal nach links, einmal nach rechts ab und weitete sich dann zu einem geräumigen Höhlengewölbe aus. Bisher hatten sie sich an den Händen gehalten und konnten, Kai auf der rechten und Simone auf der linken Seite, jeweils die Höhlenwand ertasten.

Nun gingen die Wände auseinander und sie standen auf einmal ohne Orientierung da. Wo ging es weiter? Irgendwo in der Finsternis musste es weitergehen, denn sie konnten deutlich die Stimmen hören. Angestrengt schauten sie in die Finsternis, manchmal schien es ihnen, als sähen sie einen schwachen Lichtschein, aber es waren nur Täuschungen, die ihnen ihre angespannte Phantasie vorspielte. Vorsichtig bewegten sie sich weiter und immer noch wagten sie nicht, Licht zu machen. Schritt für Schritt drangen sie in die Dunkelheit vor und beide fassten sich fester an der Hand. Jetzt durften sie sich auf keinen Fall verlieren.

Da! Einige Meter vor ihnen, ziemlich weit oben, war ein schwacher Lichtschein zu sehen. Dort musste es weitergehen. Sie erreichten die Stelle und merkten enttäuscht, dass es unmöglich der richtige Weg sein konnte. Etwa einen halben Meter über ihren Köpfen befand sich ein schmaler Durchschlupf, viel zu eng für einen erwachsenen Menschen. Sie mussten an der richtigen Abzweigung vorbeigegangen sein. Aber es gab eindeutig einen Lichtschein, der durch das enge Höhlenfenster schimmerte. Dahinter hielten sich die Zeloten auf. Die Stimmen waren auch deutlicher geworden, aber sie konnten bestenfalls einzelne Worte verstehen.

Für einen kurzen Moment ließ Kai nun doch unter seiner Tunika seine Lampe aufblitzen. Der gedämpfte Lichtschein reichte aus, um sich ein klareres Bild zu machen. Sie standen in einem großen, fast ovalen Raum. Er enthielt keine Grabnischen mehr. Zur Linken hatte wohl tatsächlich ein Gang weitergeführt. Der Durchschlupf vor ihnen musste eine zweite Verbindung zu einem noch größeren Raum sein, den die Zeloten als ihr Versteck eingerichtet hatten. Um hineinzukommen, musste man etwa zwei Meter hinaufklettern und sich dann in das enge Loch hineinzwängen.

„Komm, wir gehen hier durch!", schlug Kai vor. „Dort sind wir geschützt, denn da kann uns kein Erwachsener folgen. Und wir können näher an ihr Versteck ran. Dann hören wir auch, was sie sagen." Der Vorschlag schien vernünftig. Simone nickte und sie nahmen beide ihre Rucksäcke ab, damit sie beim Kriechen nicht behindert würden. Kai machte den Anfang. Vorsichtig tastend kletterte er zum Durchschlupf hinauf und zwängte sich hinein. Simone hörte ihn scharren und dachte: „Hoffentlich macht er nicht so viel Lärm." Aber gleich darauf war es wieder still.

„Gib mir die Rucksäcke hoch und komm nach!", hörte sie leise seine Stimme. Sie reichte den ersten Rucksack hoch, fühlte seine Hand und gab dann auch den zweiten Rucksack weiter. Nun war sie an der Reihe. Das Klettern ging leichter, als sie gedacht hatte, und auch der Durchschlupf war nur eine kurze Engstelle, danach wurde es wieder etwas weiter. Kai kroch vorweg, er schob seinen Rucksack vor sich her. Sie folgte ihm.

„Es wird heller", flüsterte er. „Da vorne ist eine Öffnung. Noch ein Meter vielleicht, dann kann ich was sehen."

„Sei bloß vorsichtig!“, warnte Simone.

„Noch ein bisschen“, sagte Kai, „ich geh noch ein bisschen weiter vor.“ Er ließ den Rucksack hinter sich und schob sich weiter vor. Simone blieb dicht hinter ihm.

„Ich kann was sehen“, flüsterte Kai. „Es sind vielleicht zwanzig Leute, alle bewaffnet. Alle haben sie ein Tuch um den Kopf geschlungen. Jetzt steht einer auf. Was macht der? Er spricht ein Gebet!“

Nun konnten sie ihn laut sprechen hören:

„Brüder, der Messias kommt bald, wie es die Propheten verheißen haben. Erinnert euch, was unser Prophet Jesaia sagt:

‚*Das Volk, das in der Finsternis lebt, hat ein großes Licht gesehen. Es scheint hell über denen, die im düsteren Land wohnen. Verbrannt wird jeder Stiefel, mit dem die Soldaten dröhnend marschieren. Ins Feuer geworfen wird jeder Mantel, der im Krieg mit Blut getränkt wurde.*‘

Hört ihr, meine Brüder, das ist gegen die Römer geschrieben. Das trifft genau auf uns heute zu. Die Menschen in Israel leben in Finsternis durch die Herrschaft der Römer und ihre Gottlosigkeit! Hört weiter, was der Prophet sagt:

‚*Denn uns wurde ein Kind geboren, ein Sohn ist uns geschenkt worden. Ihm wurde die Herrschaft übertragen. Er trägt die Namen: wunderbarer Ratgeber, starker Gott, ewiger Vater, Friedefürst. Seine Herrschaft ist groß und bringt Friede ohne Ende.*‘[17] Da spricht er vom Messias. Der Messias wird Frieden herstellen. Und wir werden ihm dabei helfen. Wir werden die Römer verjagen.“

„Die reden vom Messias!“, stieß Kai Simone aufgeregt an. „Meinst du, sie meinen Jesus?“ Simone antwortete nicht. Sie hatte auf einmal Geräusche hinter ihrem Rücken gehört und kauerte sich ängstlich zusammen. Was war das?

„Kai! Hörst du das? Da kommen noch welche! Ein Glück, dass wir nicht mehr in dem großen Raum sind."

Tatsächlich kamen noch einmal Leute mit Fackeln. Die Zeloten hatten sie wohl schon erwartet und begrüßten sie mit großer Freude. Die beiden Männer erwiesen sich als Kundschafter, die soeben von einem Auftrag zurückgekehrt waren.

„Ihr habt lange gebraucht, Elihu. Wir sind schon gespannt, welche Neuigkeiten ihr uns bringt."

„Ich glaube, es sind keine so guten. Jeshua von Nazareth ist wohl keiner von uns. Wir haben mit verschiedenen Leuten gesprochen, die ihm begegnet sind und wir haben ihn selbst reden hören – so spricht kein Zelot."

„Erzählt uns Genaueres, Elihu! Was sagen die Leute?"

„Sie erzählen von Wundern, die er tut. Manche sagen, er ist der Prophet Elia, der wieder erschienen ist. Andere halten ihn deshalb für den Messias."

„Den Messias?" Manche der Zeloten reagierten mit ungläubigem Erstaunen.

„Ja, wir haben einen Mann kennengelernt, der war früher blind. Und Jeshua hat ihn geheilt. Er kann wieder sehen. Der Mann ist überzeugt, dass er der Messias ist. Er hat aus dem Propheten Jesaia zitiert: *‚Die Blinden können wieder sehen und werden aus Dunkelheit und Finsternis befreit.'*[18] Das geschieht, wenn der Messias kommt."

„Und wir haben noch mit anderen Leuten gesprochen, die Jeshua begegnet sind. Alle berichten von sonderbaren Dingen und Worten", ergänzte der zweite Kundschafter, der bisher geschwiegen hatte.

„Hast du das gehört?" Kai war aus dem Häuschen. „Sie sprechen von Jesus! Sie sind ihm begegnet! Ich muss mir das noch näher ansehen."

Vorsichtig schob er sich noch ein wenig weiter vor, um hinunter in das Lager der Zeloten spähen zu können. Noch ein bisschen …

Auf einmal sackte der Boden unter ihm weg. Kopfüber, in einer Lawine aus Sand und Geröll, stürzte Kai hinunter in die große Halle der Zeloten.

Kapitel 7: Gefangen

Etwas benommen blieb Kai zunächst liegen. Sein Kopf und seine Knochen taten ihm weh, aber es schien nichts gebrochen zu sein. Hände und Knie schmerzten, er hatte sie sich im Fallen aufgeschürft. Im nächsten Moment, als Kai verdattert um sich blickte, standen auch schon die ersten Zeloten über ihm, mit gezücktem Schwert. Weitere kamen dazu, mit brennenden Fackeln.

„Was suchst du hier?", herrschte ihn einer an. „Wer bist du?"

Kai schwieg, zog den Kopf ein und kauerte sich ängstlich auf den Boden. Der, der ihn angesprochen hatte, packte ihn unsanft am Kragen und riss ihn empor. Er schüttelte ihn: „Wer bist du?"

Kai gab einige grunzende Laute von sich und öffnete den Mund wie ein Fisch, der auf dem Trockenen lag. Er wollte die finsteren Gestalten um ihn herum überzeugen, dass er stumm war. Tatsächlich hielt einer der Umstehenden den Fragenden am Arm zurück, bevor dieser Kai weiter hin- und herschütteln konnte.

„Lass ihn, Ruben! Das ist ein Junge! Du siehst doch, dass er nicht reden kann. Stell ihn hin."

Der Angesprochene ließ Kai los, worauf dieser erst einmal unsanft auf seinen Hintern fiel. Er rappelte sich auf und schaute die wilden Männer voller Furcht an. An Flucht war nicht zu denken.

Der andere fasste ihn fest an den Schultern und drehte ihn so zu sich hin, dass er ihm direkt in die Augen blickte.

„Verstehst du mich, Junge?“ Kai nickte. Im flackernden Licht der Fackeln sah er aus wie eine verschreckte Eule mit großen, ängstlichen Augen. Seine Haare standen wild in alle Richtungen, das Gesicht war schmutzig und über die Stirn und die linke Backe liefen zwei große, blutige Schrammen, die er sich bei seinem Sturz zugezogen hatte. „Kannst du nicht reden?“, fragte der Mann wieder. „Bist du stumm?“

Kai nickte noch einmal. Plötzlich kam ihm eine Idee. Mit der Hand machte er eine Geste, als hätte er Hunger. Dann streckte er seine offene Hand, die blutig und voller Dreck war, zu den Männern aus und führte sie wieder zum Mund. Es sah erbärmlich aus und genau das hoffte er. Sie sollten denken, dass er sie um etwas zu essen anbettelte.

„Du hast Hunger?“, fragte ihn der Mann. Kai nickte. „Bring etwas Brot her!“, rief der Zelot ins Dunkel. Jemand brachte ein Fladenbrot und reichte es Kai. Der biss gierig hinein. Das zeigte Wirkung. Einige der grimmigen Gestalten fingen an zu lachen. Die Lage entspannte sich etwas.

Nur Ruben, der grobe Kerl, der ihn zuerst gepackt hatte, fragte immer noch mit finsterem Gesicht: „Wo kommst du her, Junge? Was suchst du hier?“ Kai zeigte nach oben, wo er seine Rutschpartie angefangen hatte und hoffte, dass sich Simone nicht sehen ließ. Im Licht der Fackeln konnten die Männer den engen Durchschlupf erkennen.

„Glaubst du, er ist allein hier in die Höhle gekommen? Mir erscheint das sehr verdächtig. Wenn ihn nun die Römer als Spion geschickt haben? Denen ist zuzutrauen, dass sie Bettlerkinder ausnutzen.“ Ruben war immer noch misstrauisch. „Bist du allein hier?“ Kai nickte eifrig. Hoffentlich glaubten sie ihm.

„Ich schaue lieber nach!“ Ruben nahm einem der umstehenden Zeloten die Fackel aus der Hand und stieg hinauf zu der Öffnung, auf die Kai gezeigt hatte. Simone, die im Schutz der Dunkelheit mit angehaltenem Atem beobachtet hatte, was geschehen war, trat eilig den Rückzug an. Sie presste sich tief in eine Felsnische, wo sie vorher die beiden Rucksäcke deponiert hatten, damit sie nicht vom Schein der Fackel erfasst wurde. Ruben hatte mittlerweile die Öffnung erreicht und spähte hinein. „Da ist ein Gang“, brummte er.

Ruben stieß die Fackel tief in das Loch und versuchte, sich in die enge Öffnung zu zwängen. Aber er blieb mit seinen breiten Schultern stecken. Nur den linken Arm, mit dem er die Fackel hielt, seinen Kopf und die linke Schulter konnte er in den schmalen Spalt pressen. Er keuchte und versuchte, im Schein der Fackel irgendetwas Verdächtiges auszumachen. Simone hielt die Luft an und drückte sich, so gut es ging, in ihre dunkle Nische. Sie konnte schon die Hitze der Flamme spüren und roch den Rauch, der von ihr ausging. Ihr Herz pochte so heftig, dass sie befürchtete, gleich entdeckt zu werden. Dieser Moment schien nicht zu vergehen. Sie biss sich auf die Lippen. „Bloß keinen Ton von mir geben!“ beschwor sich Simone. Endlich zog sich die Fackel zurück.

„Ich kann nichts weiter erkennen, außer dass hier noch ein schmaler Gang weitergeht. Zu eng für einen erwachsenen Mann“, rief Ruben nach unten zu den anderen. Er trat wieder den Rückzug an und rutschte hinunter. Simone atmete erleichtert auf.

„Was machen wir jetzt mit dem Jungen, Samuel?“, fragte Ruben den Mann, der ihn vorher zurückgehalten hatte. „Ihn laufen zu lassen ist zu riskant. Kann ja sein, dass es wirklich ein Bettlerkind ist, das sich hier in den Höhlen herumtreibt. Aber ich trau der Sache nicht ganz."

Ruben machte eine unheilvolle Pause und sagte dann langsam: „Ich bin dafür, wir machen ihm ein kurzes, schmerzloses Ende. Einen Bettlerjungen wird keiner vermissen und wenn er doch ein Spion ist, hätten wir sowieso keine Wahl. Wir dürfen kein Risiko eingehen. Wenn wir ihn laufen lassen, sind wir alle in Gefahr." Er zog einen langen Dolch unter seinem Gewand hervor und näherte sich Kai.

Kai schluckte. Er war auf einmal wie gelähmt. Er konnte nichts tun. Gleich würde dieser Zelot zustechen. Er dachte an Zuhause, an seine Eltern, seinen Großvater, der ihm die Reise erlaubt hatte. Und an Simone in ihrem Versteck. Er hatte sie in die ganze Sache hineingerissen. Wenn er doch nur den Rucksack aufhätte. Dann hätte er noch die Chance, die Zeitmaschine zu starten. Aber der Rucksack lag oben bei Simone und die hatte keine Ahnung, was sie tun sollte. Er hätte das Armband umprogrammieren und ihr erklären sollen, wie die Zeitmaschine zu bedienen ist. Aber jetzt war es zu spät. Er spürte, wie ihm die Knie weich wurden und wie sich alles um ihn drehte. Dann wurde es schwarz um ihn herum und er sackte zu Boden.

„Lass ihn! Tu ihm nichts. Du kennst doch das Gebot unseres Gottes. Das hier ist kein Römer, nicht mal ein erwachsener Mann, das ist ein Junge! Der hat noch kein einziges Barthaar im Gesicht. Wir sind Kämpfer für Gottes Reich, keine Mörder." Samuel griff nach Rubens Arm. Dieser zögerte einen Moment, dann steckte er missmutig seinen Dolch zurück und setzte sich neben den zusammengesunkenen Jungen.

„In einem hast du Recht, Ruben“, fuhr Samuel fort: „Wir können das Risiko nicht eingehen und ihn laufen lassen, bis unser Auftrag erledigt ist. Wir fesseln ihn und nehmen ihn mit. Soll Barrabas entscheiden, was wir mit ihm machen.“

Zwei Männer banden dem leblos daliegenden Jungen mit Lederriemen die Hände auf den Rücken und die Füße zusammen. Dann hoben sie ihn auf und wickelten ihn in eine Kamelhaardecke.

„Wir sollten jetzt keine Zeit mehr verlieren. Wenn er wirklich von den Römern geschickt wurde, dann kennen sie unser Versteck. Wir brechen auf!“, kommandierte Samuel. „Packt alles zusammen, in sechs Tagen müssen wir die Leute von Barrabas im Wadi Qelt erreichen.“

Ruben stimmte zu: „Und Eleaser und Jochanan sollten wir in Jericho auch nicht so lange warten lassen. Ich befürchte, sie sind nicht lange sicher bei Elias. Die Römer sind nervös. Man kann niemandem trauen.“

Samuel wandte sich an zwei junge Burschen von vielleicht 16 oder 18 Jahren, die in seiner Nähe standen. „Ihr beide nehmt mir den Jungen.“

Die Zeloten begannen nun schnell, ihre Sachen zu packen und bald war die ganze Truppe marschbereit. Nacheinander entfernten sie sich durch den Höhlengang. Zuletzt kamen die zwei Jungen, die den immer noch bewusstlosen Kai in die Decke gehüllt mit sich schleiften. Dann verlor sich das Flackern der Fackeln langsam. In der Höhle wurde es wieder stockfinster. Simone war allein.

Sie wartete und wagte kaum, zu atmen. In der Höhle war es kalt und sie spürte auf einmal, dass sie fror. Aber vielleicht war es auch der Schreck und die fürchterliche Anspannung, die ihren ganzen Körper zittern ließen. Unendlich langsam schlich die Zeit und immer lauschte sie angespannt auf jedes Geräusch. Nach einer gefühlten Ewigkeit wagte sie endlich, sich zu bewegen und die Rucksäcke abzutasten. Wo war die Lampe, die Kai gehabt hatte? Sie musste in seinem Rucksack stecken. Endlich fand sie sie und betätigte den Schalter. Sie musste die Augen zukneifen, so gleißend hell war das Licht. Aber es gab ihr sofort ein Gefühl der Sicherheit zurück. Sie war nicht ganz verloren.

„Ich muss erst mal logisch überlegen, was ich jetzt mache“, dachte sie. „Ein Schritt nach dem anderen. Ich darf jetzt keinen Fehler machen, wenn ich Kai hier rausholen will. Wenigstens weiß ich, wo die Zeloten hinwollen: In ein Wadi Qelt. Nur hab ich keine Ahnung, wo das ist. Mal überlegen: Ein Wadi, das ist ein Trockental, das weiß ich aus meinen Vorbereitungen. Wenn ich draußen bin aus der Höhle, werde ich auf Kais Karte nachsehen.

Ich muss Kais Rucksack mitnehmen. Meinen kann ich ja aufsetzen. Aber für seinen brauche ich einen Sack oder so etwas Ähnliches. Ich muss mich in dem Lager unten umsehen, vielleicht finde ich da was.“

Sie kroch nach vorne zu der Öffnung, durch die Kai zu den Zeloten hinuntergestürzt war. Sie leuchtete in die Halle und konnte einige Ziegenfelle und Decken erkennen, die die Zeloten zurückgelassen hatten. Aber erst einmal musste sie hinunterkommen. Mit dem Kopf voran war nicht so gut, da würde es ihr wie Kai gehen. Also kroch sie noch einmal zurück in ihre Nische und drehte sich um. Nun schob sie sich langsam mit den Füßen voraus in Richtung der Halle und zog die beiden Rucksäcke hinter sich her. Die Taschenlampe hielt sie im Mund, sodass sie ein wenig sehen konnte, wenn sie den Kopf über die Schultern bog. Sie spürte, dass ihre Füße die Öffnung erreicht hatten und versuchte, irgendwo Tritt zu fassen.

„Wie ein Wurm, der rückwärts aus einem Loch kommt", dachte sie. Endlich war ihr Körper draußen und sie zerrte die beiden Rucksäcke nach. Die Lampe immer noch im Mund, drehte sie ihren Kopf hin und her, um zu sehen wie sie weiterkam. Da gab es ein paar Felszacken, an denen sie sich halten konnte. Nun ließ sie vorsichtig die Rucksäcke in die Halle hinuntergleiten. Schließlich hatte sie es geschafft und stand wieder auf einigermaßen ebenem Boden.

Als sie ihren Lichtstrahl auf die am Boden liegenden Rucksäcke richtete, erstarrte sie: Da lag Kais Armband! Er musste es bei seinem Sturz verloren haben oder als ihn diese brutalen Kerle gepackt hatten.

Jetzt war die Lage wirklich ernst. Bisher war ihr das Ganze immer noch wie ein aufregendes Abenteuerspiel erschienen und sie hatte die Hoffnung gehabt, dass Kais Großvater sie ja mit der Rückholsicherung irgendwann zurückbringen konnte, falls sie es nicht von alleine schafften. Aber ohne das Armband gab es keine Chance für Kai. Außer einer einzigen: Simone musste ihn finden!

Kapitel 8: Wo ist Kai?

Simone steckte Kais Armband in ihren Rucksack und ging dann zu den verlassenen Habseligkeiten der Zeloten. Angeekelt durchwühlte sie die schmutzigen Decken und Ziegenfelle. Auch hier war wieder dieser Gestank nach Stall, der Kai umgeben hatte, als er zum zweiten Mal bei ihr war. Endlich entdeckte sie eine schäbige Hirtentasche zum Umhängen, groß genug, dass die beiden Rucksäcke darin Platz hatten. Nun konnte sie sich auf den Weg machen.

Mit einem Mal spürte sie, wie hungrig und durstig sie war und suchte nach etwas Essbarem. Die Müsliriegel in ihrem Rucksack wollte sie noch nicht anbrechen, wer weiß wie lange sie unterwegs sein würde. Sie fand einen Brotfladen und ein paar getrocknete Datteln und sie überwand sich, davon abzubeißen. Das Brot war hart, aber es schmeckte nicht schlecht. Und die Datteln waren süß und klebrig. Nur Wasser gab es nicht. Ihre Wasserflasche war leer. Wie nachlässig von ihr, sie hatte vergessen, sie nachzufüllen. Sie versuchte, etwas Wasser aus einem Rinnsal an der Höhlenwand abzulecken, aber es schmeckte ekelhaft. „Nichts wie raus aus dieser Höhle!“, dachte sie. „Irgendwo werde ich schon was zu trinken finden.“

Der helle Strahl der Taschenlampe half ihr schnell, den Rückweg aus der Höhle zu finden. Als sie am Ausgang ankam, schlug ihr die Hitze entgegen. Es war taghell und die Sonne stand hoch am Himmel. Vorsichtig schaute sie sich um. Mindestens 800 Meter entfernt lag der See, aber es war ein anstrengender Weg über den abschüssigen, mit Steinen und Felsen übersäten Hang. Simone setze sich im Schatten des Höhleneingangs auf den Boden.

Aus Kais Rucksack suchte sie die topographische Karte von Israel und breitete sie aus. „Ein Glück, dass mir meine Eltern schon früh gezeigt haben, wie man Karten liest", dachte sie. Sie versuchte, ihren Standort zu bestimmen und fuhr mit dem Finger auf der Karte am Seeufer entlang. Hier lagen die Höhenlinien dichter, da waren auch Felsen eingezeichnet und Zeichen für Höhlen. Das musste wohl die Gegend sein. Sie befand sich irgendwo im Südosten des Sees. Vielleicht einen Kilometer östlich war eine Straße eingezeichnet, die Richtung Süden zum Jordan lief. Aber das war natürlich eine moderne Straße.

Simone überlegte. „Wenn in unserer Zeit dort eine Straße verläuft, dann könnte ja schon damals eine gewesen sein oder wenigstens ein gangbarer Weg. Immerhin waren die Römer berühmt für ihre Straßen, die so befestigt waren, dass Soldaten und Wagen darauf vorwärtskamen. Und wenn ich erst mal eine Straße gefunden habe, dann wird es auch weitergehen."

Aber wie sollte es dann weitergehen? Wohin waren die Zeloten verschwunden? Simone breitete die Karte ganz auf dem Boden aus. Wo war dieses Wadi Qelt? „Wenn ich die ganze Karte absuchen muss, dann dauert das ewig", dachte sie. „Wer weiß, was sie inzwischen mit Kai anstellen. Und ihr Vorsprung wird immer größer."

„Konzentriere dich!", forderte sie sich auf. „Denk nach! Was haben die Kerle gesagt? Sie haben von diesen zwei Mördern gesprochen, Eleaser und Jochanan. Die wollten sie abholen. Wo war das?" Angestrengt überlegte sie. Da war ein

Ort genannt worden und sie kannte ihn sogar. Eine Stadt. Mit einem Mal fiel es ihr ein: Jericho! Die Stadt Jericho. Bei der einmal die Mauern eingestürzt sind durch den Klang der Posaunen. Sie erinnerte sich an die Geschichte aus der Kinderkirche.

„Gut“, sagte sie sich. „Wo ist Jericho?“ Wieder suchte sie mit den Augen die Karte ab, bis ihr Blick wie magisch an einem Punkt hängen blieb. Da war es. Da stand „Jericho“. Etwas oberhalb des Jordan. Sie überschlug die Entfernung: Vom See Genezareth bis nach Jericho waren es vielleicht hundert Kilometer. Ganz schön weit! Mit einem Auto wäre es ein wenig mehr als eine Stunde, aber zu Fuß war sie sicherlich mehrere Tage unterwegs.

Immerhin war die Richtung klar. „Ich muss irgendwie den Jordan erreichen und dann immer dem Fluss nach, bis der Weg nach Jericho geht. Also nach Südosten. Wenn es jetzt um die Mittagszeit ist, dann muss ich mich etwas links von der Richtung der Sonne halten. Irgendwann sollte ich dann auf eine Straße kommen und dann finde ich den Jordan.“

Simone erhob sich und faltete die Karte zusammen. Ihre Lippen waren trocken und sie spürte wieder, dass sie Durst hatte.

„Aber wenn ich jetzt noch runter zum See gehe und Wasser hole, dauert es noch länger.“ Sie entschied sich, keine weitere Zeit mehr zu verlieren und den See hinter sich zu lassen. Wenn ihr Standort stimmte, dann musste sie dort in südöstlicher Richtung die Römerstraße erreichen. Und dann weiter nach Süden zum Jordan. Und bestimmt gab es irgendwo am Weg auch Wasser zum Trinken.

Sie setzte sich in Bewegung. „Hoffentlich tun sie Kai nichts“, dachte sie immer wieder. Nach einer Viertelstunde durch unwegsames Gelände fand Simone einen ausgetretenen Pfad, der wahrscheinlich von Hirten und ihren Herden benutzt wurde und der nach Süden führte. Die Sonne stand hoch am Himmel und brannte unbarmherzig auf sie herab. „In Richtung der Sonne und ein wenig links“, sagte sie sich immer wieder. Wo war diese Römerstraße?

Der Durst plagte sie immer mehr. Ihre Zunge brannte und sie hatte das Gefühl, völlig ausgetrocknet zu sein. Der Weg zum Jordan schien unendlich zu sein, die Hitze stieg ihr in den Kopf und sie bekam Kopfschmerzen.

„Ich brauche unbedingt einen schattigen Platz, wo ich ein wenig ausruhen kann. Und ich muss etwas zu trinken bekommen, sonst verdurste ich.“ Plötzlich fiel ihr ein, dass ja auch in Kais Rucksack noch eine Wasserflasche sein musste.

Aber auch in seiner Flasche war nur noch ein kleiner Rest. Gierig trank sie ihn aus. Als sie die Flasche in der Hand hielt, dachte sie erneut an Kai. Hoffentlich ging es ihm gut. Hoffentlich wurde er gut behandelt und bekam etwas zu trinken.

Sie machte sich wieder auf den Weg und schleppte sich müde weiter. „So komme ich nicht weit“, dachte sie verzweifelt. Wieder musste sie Halt machen und sich eine Weile ausruhen. Der Durst war unerträglich. Weit im Westen konnte sie das strahlende Blau des Sees erkennen, zu weit weg, um es noch zu erreichen. Der Anblick des herrlichen Wassers verstärkte den Durst nur noch. Noch einmal durchwühlte sie beide Rucksäcke, aber es kamen nur trockene Müsliriegel und ein paar Pillen zum Vorschein. Und eine Tube Sonnencreme.

„Wenigstens etwas“, dachte sie, denn ihre Lippen waren schon ganz trocken und aufgesprungen. Nur zu Trinken gab es nichts. Sie rieb sich mit Sonnencreme ein. „Also weiter!“, trieb sie sich selbst an und hob ihr Gepäck auf.

Wieder schaffte sie ein paar Kilometer, doch dann war sie der völligen Erschöpfung nahe. Ohne noch einen klaren Gedanken fassen zu können, schleppte sie sich zu einem trockenen Busch und verkroch sich darunter. Wenigstens gab es dort etwas Schatten. Alles schmerzte, der Kopf, der trockene Hals und die müden Beine. Sie konnte nicht einmal mehr weinen, so erschöpft war sie.

„Kai“, dachte sie, „ich war dir keine große Hilfe, aber ich schaff's einfach nicht mehr!“ Sie versuchte noch einmal aufzustehen, aber ihre Beine versagten ihr den Dienst. Von einem tiefen verzweifelten Schluchzen geschüttelt blieb sie liegen, bis irgendwann der Schlaf über sie kam.

***

Kai kam langsam zu sich. Er brauchte eine Weile, bis er sich die Ereignisse in der Höhle wieder ins Gedächtnis gerufen hatte. Die Fackeln. Die Hände, die ihn gepackt hatten. Der brutale Zelot mit dem Dolch. Dann war es Nacht um ihn geworden. Aber er konnte sich erinnern. Also war er wohl noch nicht tot. Er versuchte, in seinen Körper zu spüren, anscheinend war er nirgendwo verletzt. Er lag nur ziemlich unbequem auf dem Bauch quer über dem Rücken eines Esels. Sie hatten ihn in eine Decke gerollt, die nach Kameldung roch, und Arme und Beine unter dem Bauch des Esels zusammengebunden. Er hing wie ein dicker Teppich auf dem Rücken des Lasttiers. Das Blut staute sich in seinen Händen, die ziemlich gefühllos waren. Er versuchte, sich zu bewegen, aber er konnte sich nur etwas hin- und herkrümmen. Er bewegte seine Finger, dadurch kribbelten sie umso mehr.

Durch die Öffnung der Teppichrolle und die verschobene Augenbinde konnte er die Helligkeit des Tages schimmern sehen und wie der Boden sich unter ihm wegbewegte. Das Schaukeln des Esels verursachte ein leichtes Gefühl von Übelkeit, aber vielleicht lag es auch daran, dass sein Magen leer war. Langsam versuchte er, einen klaren Gedanken zu fassen. Was wollten diese Leute mit ihm? Immerhin hatten sie ihn nicht umgebracht. Er hörte mehrere Stimmen in seiner Nähe:

„Da, der Junge hat sich bewegt! Wurde aber auch höchste Zeit. Der soll gefälligst laufen!“ Der Esel hielt an. Jemand öffnete den Knoten, mit dem seine Arme und Beine unter dem Esel zusammengebunden waren und kräftige Hände rissen ihn aus seiner Liegeposition in die Senkrechte. Kai hatte Mühe, gerade stehen zu bleiben, weil auch seine Füße taub und gefühllos waren. Jemand zog die Decke um seinen Kopf zurück und entfernte die gelockerte Augenbinde. Kai blinzelte in das helle Tageslicht. Vor ihm war das bärtige Gesicht eines Mannes, den er noch nicht gesehen hatte. „So, Bürschchen, genug geschlafen, jetzt kannst du selber laufen.“ Ein weiterer Mann kam dazu, es war Samuel, der ihm in der Höhle geholfen hatte.

„Bind ihn los, Kaleb, er soll uns begleiten. Wenn wir mit dem Jungen durch die Gegend ziehen, dann sind wir unverdächtiger. Man wird uns für Bauern halten." Der Angesprochene löste Kai die Fesseln und der schüttelte seine taub gewordenen Arme und Beine, bis er endlich aufrecht vor Samuel stehen konnte und ihn ängstlich ansah.

„Hast du mich verstanden, Junge?", fragte ihn Samuel. „Du gehst mit uns. Ganz egal, ob dich jemand vermisst oder nicht. Im Moment können wir dich gebrauchen. Und wir können es uns nicht leisten, dass du uns verrätst. Also mach keine Schwierigkeiten und versuch gar nicht erst, wegzulaufen. Noch konnte ich dein Leben schützen, aber wenn du wegläufst, kann ich für nichts garantieren. Ruben traut dir nicht."

Kai nickte und wartete auf weitere Anweisungen. Insgeheim dachte er mit heimlicher Freude an die verdutzten Gesichter, wenn sein Großvater ihn mit der Rückholsicherung aus seiner misslichen Lage befreien würde. Er fasste sich wie zur Bestätigung ans linke Handgelenk und erstarrte. Da war nichts. Kein Armband! Das Armband war weg! Kai wurde blass. Ihm war auf einmal ganz schwindelig, sodass er sich an dem Esel festhalten musste, der ihn getragen hatte. Wo war das Armband? Neben ihm lag die Decke, in die sie ihn eingewickelt hatten. War es vielleicht in der Decke? Obwohl ihm sein Herz bis zum Hals pochte, zwang er sich wie beiläufig, die Decke aufzuheben, so als wollte er sie sorgfältig zusammenlegen. Er merkte, wie die beiden Jugendlichen, die ihn bewachten, sich verwundert ansahen. Er schüttelte die Decke aus: Nichts. Kein Armband fiel heraus. Er faltete sie zusammen und reichte sie einem der beiden Bewacher. Äußerlich versuchte er immer noch ruhig und gefasst zu erscheinen, aber in seinem Inneren tobte ein Sturm von panischen Gedanken und Ängsten. „Wo kann das Armband sein? Was mache ich, wenn es weg ist?“ Vorsichtig tastete er seine Kleidung ab. „Vielleicht ist es irgendwo hängengeblieben?“ Nichts. Er schaute nochmal hinüber zu den beiden Jugendlichen, die ihn gelangweilt beobachteten. „Haben die mir das Armband gestohlen?“ Er fixierte ihre Handgelenke. Kein Armband war zu sehen. Kai fühlte, wie ihm der kalte Schweiß ausbrach. Er zitterte. „Wenn das Armband weg ist, komme ich nie mehr zurück. Dann muss ich den Rest meines Lebens hier verbringen. Zwischen Eseln, Kamelen und Mördern. Und Simone habe ich mit ins Verderben gezogen.“ Es gab nur noch eine einzige kleine Hoffnung: Simone. Wenn die Männer sie nicht auch erwischt hatten. Und wenn sie ihm folgen konnte. Kai zweifelte stark daran. Woher sollte sie wissen, wohin die Zeloten mit ihm unterwegs waren. Er wusste es ja selbst noch nicht.

„So, genug gerastet, wir müssen weiter!“, kommandierte Samuel. Und zu Kai gewandt sagte er: „Du gehst am besten mit mir. Hier, trink was, damit du uns nicht wieder umkippst.“ Damit reichte er Kai einen Wassersack aus Schafshaut. Kai überlegte nicht lange und trank mit kräftigen Zügen.

Dann setzte sich die Gruppe in Bewegung. Es waren nicht mehr so viele wie in der Höhle, ein Teil der Zeloten hatte sich von ihnen getrennt. Vielleicht waren sie vorausgeritten zu dem geheimnisvollen Ziel, zu dem sie unterwegs waren und von dem sie fürchteten, dass es verraten werden konnte. Kai lief neben Samuel her und hatte Mühe, mit dessen langen Schritten mitzuhalten. Verstohlen blickte er immer wieder zu diesem Mann mit dem finsteren Bart und dem sonnengebräunten Gesicht. Ein wenig wich die Angst von ihm. Immerhin hatte er ihn bisher beschützt. Vielleicht war er gar nicht so gefährlich. Und vielleicht hatte er ja auch sein Armband. Wenn er sein Vertrauen gewann, dann könnte das ein Vorteil sein. Langsam erwachte in ihm sogar schon wieder die Abenteuerlust. Er war gespannt, was er wohl noch mit den Zeloten erleben würde.

***

„He, du, was machst du denn da? Lebst du noch?" Wie durch eine dichte Nebelwand hörte Simone eine Stimme. Sie öffnete ihre brennenden und verquollenen Augen und erschrak: Vor sich sah sie die feuchte Schnauze eines Esels, die sie beschnupperte, daneben ein Paar nackter Füße.

„Wasser, ich hab Durst!", brachte sie mühsam heraus. Die Füße gehörten einem Jungen, vielleicht 15 oder 16 Jahre alt. Er beugte sich nun zu ihr herunter und fragte: „Was hast du gesagt? Ich hab dich nicht verstanden."

„Bitte, gib mir Wasser!", bat Simone noch einmal. Dann begriff sie. Natürlich konnte er sie nicht verstehen. Aber er hatte wohl auch ohne Sprache begriffen, in was für einem Zustand sie sich befand. Schnell wandte sich der Junge zu seinem Esel, holte einen Wassersack und führte ihn Simone an den Mund. Sie verschluckte sich fast, so eilig sog sie das köstliche Wasser in sich auf. Noch nie war ihr der Wert von Wasser so klar geworden. Zu Hause kam das Wasser aus der Leitung und sie hatte es bisher immer bedenkenlos genutzt. Sie hatte nie darüber nachgedacht, dass allein beim Zähneputzen drei kostbare Liter ins Waschbecken liefen, weil sie den Wasserhahn nicht zumachte. Drei Liter Wasser, das konnte hier für das Überleben entscheidend sein.

Langsam erholte sich Simone und atmete tief durch. Wenn der Junge sie nicht gefunden hätte, dann wäre sie verdurstet. Mit großem Schrecken wurde ihr das klar: Diese Welt hier war kein Spiel, sie war feindlich und gefährlich. Darauf war sie nicht vorbereitet.

Der fremde Junge kniete nun neben ihr und lächelte sie scheu an. „Ich hab auch noch was zu essen", sagte er und bot ihr ein paar gebackene Feigenkuchen an. Simone nahm sie dankbar und lächelte zurück. „Woher kommst du?", fragte der Junge.

„Von sehr weit", sagte sie, und weil er sie nicht verstehen konnte, machte sie eine ausladende Geste mit der rechten Hand. Er nickte. Irgendwie klappte es doch mit der Verständigung.

Sie zeigte auf sich und sagte: „Simone".

„Simone", wiederholte der Junge. Dann zeigte er auf sich und sagte: „Raphael".

Auch Simone wiederholte seinen Namen und nahm sich noch einen Feigenkuchen. Dann fiel ihr auf einmal Kai wieder ein. Sie musste unbedingt weiter! Simone stand auf und schüttelte sich den Staub aus dem Gewand. „Ich muss weiter!" Sie zeigte auf sich und dann Richtung Süden.

„Wo willst du hin?", fragte Raphael.

„Zum Jordan und dann nach Jericho. Ich muss zum Wadi Qelt." Jordan, Jericho und Wadi Qelt, das sollte er zumindest verstehen. Tatsächlich schien Raphael zu begreifen.

„Das ist weit, sehr weit. Setz dich auf den Esel. Ich gehe ein Stück mit dir."

Froh und erleichtert kletterte Simone auf den staubigen Rücken des Esels. Vielleicht würde doch noch alles gut, immerhin kam sie wieder vorwärts. Und dieser Junge wusste, wo das Wadi Qelt war.

Raphael gab dem Esel einen Klaps und der setzte sich in Bewegung. Der Junge lief neben dem Reittier her, während Simone bequem darauf sitzen konnte. So erreichten sie am späten Nachmittag den Jarmuk, einen Nebenfluss des Jordan. Es war eher ein Bach als ein Fluss, aber er erschien ihr wie ein Wunder nach der langen Durststrecke vom Morgen. Sie sprang von ihrem Reittier, kniete ans Ufer und schöpfte sich mit beiden Händen Wasser über den Kopf.

„Herrlich!", strahlte sie Raphael an, der sie mit einem amüsierten Schmunzeln beobachtete.

Nun war sie wieder voller Energie und es drängte sie, weiterzukommen. Sie hatte keine Zeit zum Rasten, denn Kai war in Gefahr. Sie musste ihn finden. So kam sie wieder zurück zu Raphael, der noch bei seinem Esel stand und versuchte, ihm durch Zeichen und Gesten klarzumachen, dass sie dringend weiter musste.

„Du kommst mit mir", sagte er. „Setz dich auf den Esel, wir gehen weiter. Bald wird die Sonne untergehen und du hast noch einen weiten Weg." Simone war sich nicht sicher, ob er sie richtig verstanden hatte, aber die Aussicht auf einen langen Fußmarsch machte ihr die Entscheidung leicht.

Raphael führte sie zu einem kleinen Dorf in der Nähe am Ufer des Jordan. Er ließ Simone vor einem einfachen Haus

aus Holz und Lehm warten und ging hinein. Dort war er also zu Hause. Drinnen hörte sie ihn mit einer Frau sprechen, dann kam er wieder heraus mit einem breiten Grinsen. „Ich werde dich begleiten!“, eröffnete er ihr. „Ich habe Verwandte in Jericho und kann ihnen dann gleich ein paar Dinge mitbringen. Meine Mutter ist einverstanden. Wir nehmen auch noch einen zweiten Esel mit, dann kommen wir schneller voran. Hilf mir mal, die Wassersäcke vorzubereiten.“

Simone stieg ab und half ihm. Sie wunderte sich darüber, dass er es nicht komisch fand, dass sie ihn verstehen konnte, aber trotzdem kein Wort Aramäisch sprach. Aber er nahm es völlig selbstverständlich und fragte nicht weiter nach.

Nachdem Raphael die Esel mit einem Sattel und Packsäcken beladen hatte, brachen sie auf. Es war jetzt sehr spät am Nachmittag und die Sonne stand schon tief. Die Temperaturen waren inzwischen erträglich.

„Wir reiten ein paar Stunden in der Dunkelheit, dann suchen wir uns einen sicheren Schlafplatz und reisen bei Tagesanbruch weiter“, hatte Raphael vorgeschlagen. Er würde schon wissen, was richtig ist, schließlich lebte er hier in dieser Landschaft. Sie erreichten die römische Straße, die durch das Jordantal zog, und so kamen sie zügig voran. Es war schon zwei oder drei Stunden dunkel, da erreichten sie ein weiteres kleines Dorf, wo Raphael zielstrebig auf ein Haus zulief. Er klopfte an und wurde herzlich willkommen geheißen. Die Bewohner waren wohl ebenfalls über ein paar Ecken mit ihm verwandt. Sie stellten keine weiteren Fragen, sondern versorgten die beiden Reisenden mit Essen und Trinken. Offensichtlich fanden sie es nicht außergewöhnlich, dass Raphael hier ganz allein mit einem Mädchen durch die Gegend zog. Der Junge sprach eine Weile leise mit dem Hausherrn, dann kam er zu Simone und verkündete ihr:

„Ich habe mit Zedekia gesprochen. Er hat mir angeboten, dass wir bei ihnen schlafen können. Ich habe übrigens gesagt, dass du eine entfernte Cousine bist, das hat ihm genügt. Eigentlich schickt es sich für einen Jungen nicht, einfach so mit einem Mädchen herumzureisen. Aber wenn du meine Cousine bist, ist es in Ordnung. Dann stehst du unter meinem Schutz."

Die Nacht war denkwürdig. Die ganze Familie schlief in einem einzigen großen Raum, der etwas erhöht lag. Auf einer tieferen Ebene waren einige Schafe. Es roch nach einer Mischung aus Stall, menschlichem Schweiß, gebratenem Fleisch und verbranntem Holz. Obwohl Simone todmüde war, lag sie lange wach und lauschte den vielen unbekannten Geräuschen. Sie hörte das Schnauben der Tiere, irgendwo raschelte eine Maus. Zedekia schnarchte, ein junges Mädchen seufzte immer wieder im Schlaf. Ein Baby quäkte und wurde mit einer leisen flüsternden Stimme beruhigt, dann fing es an, schmatzend an der Mutterbrust zu trinken. „Was für eine Welt", dachte Simone. „Was für ein Tag!" Wieder fiel ihr Kai ein. Wo er wohl die Nacht verbrachte? Hoffentlich war er noch am Leben!

Am nächsten Tag war Schabbat[19] und sie wurden am Abend in einem Dorf eingeladen, an den Schabbatfeierlichkeiten teilzunehmen. Obwohl Simone vor Ungeduld kribblig war, sah sie ein, dass sie sich dieser Tradition beugen musste. So machten sie einen Tag Pause und setzten ihre Reise am frühen Sonntagmorgen[20] fort.

Kapitel 9: Finstere Pläne

Die Zeloten hatten sich schnell an den Jungen gewöhnt und schenkten ihm kaum noch Aufmerksamkeit. In einem der Dörfer, durch die sie gezogen waren, hatten sie einen Wagen mit einem Ochsen besorgt, auf dem sie ihr Gepäck verstaut hatten und darüber einige große Bündel mit trockenem Gestrüpp gelegt hatten. Wenn sie unterwegs waren, lief Kai neben dem Wagen her, immer durch eine lederne Leine am Handgelenk mit diesem verbunden. Die meisten Männer behandelten ihn freundlich und brachten ihm ab und zu etwas zu trinken oder zu essen. Nur Ruben behielt seine feindselige Haltung bei, vielleicht auch nur deshalb, weil er sich in seiner Ehre gekränkt fühlte, nachdem Samuel ihn zurückkommandiert hatte.

Für Kai war es eine anstrengende Reise. In seiner Welt im 22. Jahrhundert brauchte man kaum eine Strecke zu Fuß zurückzulegen und besonders sportlich war er leider nie gewesen. Er hatte sich in seiner Freizeit lieber mit Technik und phantasievollen Geschichten beschäftigt, als mit den anderen Jungen Fußball zu spielen. So kam er durch die Gewaltmärsche der Zeloten schnell an seine konditionellen Grenzen. Doch immerhin, wenn er erschöpft war vom Laufen, durfte er auf den Wagen und eine Weile mitfahren, auch die anderen Männer machten dies so. So konnte die Gruppe sehr rasch marschieren und kam zügig vorwärts.

Meist bewegten sie sich abseits der größeren Handelsstraßen auf schmaleren Pfaden zwischen einzelnen kleinen Siedlungen, so, als wären sie Bauern, die in ein Nachbardorf unterwegs waren. Auf dem Wagen lag auch allerlei Werkzeug, das sie als Bauern oder Handwerker ausweisen sollte. In den Dörfern gab es immer wieder Menschen, die die Zeloten unterstützen. Sie versorgten sie mit Lebensmitteln und stellten ihnen einen Schlafpatz zur Verfügung. Manchmal stießen einzelne Reiter zu ihnen, die auf schnellen Pferden unterwegs waren. Sie berieten sich mit Samuel und Ruben und verschwanden so schnell wieder, wie sie aufgetaucht waren. Kai versuchte vergebens, etwas von ihren Gesprächen mitzubekommen.

Einmal, kurz vor Jericho, begegnete ihnen eine römische Patrouille. „Jetzt wird etwas passieren! Jetzt wird es zum Kampf kommen“, dachte Kai erschrocken, als er die Unruhe bei den Männern bemerkte, sobald diese die Römer auf der Straße vor ihnen gesichtet hatten. Würden sie jetzt fliehen? Oder würden sie die Römer angreifen?

Aber nichts dergleichen geschah. Die Männer fingen an, fröhliche Lieder zu singen, zu lachen und zu scherzen. Einer holte eine Amphore mit Wein heraus und prostete sogar den Römern zu, die sie verblüfft passieren ließen: ein Haufen angetrunkener Bauern – harmlos. Bald hatte Kai die Römer wieder vergessen.

Früh am Morgen des sechsten Tages hatten sie Jericho erreicht. Sie zogen durch die Stadt und machten kurz vor dem Ortsausgang Halt bei einem heruntergekommenen kleinen Haus mit einem Hof, der von einer hohen Mauer umgeben war. Ruben klopfte an die Tür aus groben Holzbrettern. Zweimal kurz und schnell mit den Fingerknöcheln, zweimal langsam und heftiger mit der Faust. Nichts bewegte sich, das Haus schien unbewohnt zu sein. Ruben wiederholte das Klopfzeichen. Endlich öffnete sich die Tür und ein alter Mann erschien.

Er machte einen ebenso heruntergekommenen Eindruck wie das Haus. Sein Haar war lang und grau und es hing in fettigen, dünnen Strähnen unter dem schmutzigen Tuch hervor, das um seinen Kopf geschlungen war. Ein Ohr sah aus wie abgebissen, im anderen trug er einen goldenen Ring, der gar nicht zu seiner übrigen Erscheinung passte. Das ganze Gesicht war durch Narben entstellt, die Nase nur zur Hälfte vorhanden. Der ganze Mensch war in unbeschreiblich schmuddelige Lumpen gehüllt. Als Kai die nackten Füße unter den Lumpen hervorschauen sah, erschrak er unwillkürlich: Der Mann hatte bis auf ein paar Stummel keine Zehen mehr. Kai fühlte sich von der Hässlichkeit dieser Kreatur abgestoßen und gleichzeitig empfand er Mitleid. Was hatte dieser Mensch wohl alles erlebt?

„Was wollt ihr? Wo kommt ihr her?“, knurrte er die Männer aus seinem zahnlosen Mund an.

„Du bist doch Elias, der Aussätzige? Barrabas hat dich uns empfohlen. Wir kommen aus der Gegend von Gergesa, aus den Höhlen“, antwortete Ruben. „Er hat gesagt, dass du uns helfen wirst.“

„So, Barrabas, he?“, brummte der Alte. „Was braucht ihr?“

„Wir brauchen Waffen für jeden Mann, Wasser und Verpflegung und ein paar Esel, damit wir alles transportieren können. Wir treffen Barrabas und seine Leute im Wadi Qelt.“

Sie nannten den Mann Elias, den Aussätzigen. Kai erinnerte sich an eine Geschichte aus dem Neuen Testament, die er bei seinen Vorbereitungen auf die Reise gelesen hatte: Jesus hatte einmal zehn aussätzige Männer geheilt.[21] Daraufhin hatte er sich im Internet über diese Krankheit informiert und war schockiert von den Bildern, die er dort zu sehen bekam. Aussatz nannte man viele Hautkrankheiten, eine der schlimmsten war Lepra. In Afrika und Asien gab es diese Krankheit noch im 21. Jahrhundert. Elias musste Lepra gehabt haben, deshalb waren sein Gesicht und seine Gliedmaßen so schrecklich gezeichnet. Aber die Krankheit war wohl zum Stillstand gekommen, denn sonst würde er nicht in der Stadt wohnen, sondern müsste weit außerhalb aller menschlichen Siedlungen leben. So ging es den Aussätzigen damals. Sie galten als religiös unrein und mussten schon von weitem „Aussatz! Aussatz!" rufen und die Leute flohen vor ihnen, als seien sie Gespenster. Barmherzige Menschen stellten ihnen Speisen an den Ortsrand, die sie bei Abenddämmerung abholten. Für die meisten endete die Krankheit tödlich und sie wurden von ihren Leidensgenossen außerhalb der Dörfer bestattet.

„Ihr könnt alles haben, was ihr braucht", sagte Elias. „Schaut im Hof hinter dem Haus, dort stehen ein paar Esel. Was die Waffen betrifft, so haben gestern einige Leute von Barrabas schon das meiste geholt. Die waren auch aus Gergesa. Die müssen dort mindestens 50 Männer gesammelt haben im Wadi."

Elias hielt inne und starrte Ruben direkt in die Augen. „Was habt ihr vor? Wenn Barrabas dabei ist, dann muss hier eine große Sache geplant sein."

Nun ergriff Samuel das Wort: „Bald ist Pessach[22], da ist Jerusalem voller Leute. Und Pilatus, der Statthalter, wird da sein. Sonst ist er ja in Cäsarea, wie du weißt. Aber jetzt ist unsere Chance. Diesmal wird er uns nicht entgehen, der Schuft. Diesmal wird er all das büßen, was er unserem Volk angetan hat. Dass er den Tempel entweiht hat mit seinen Soldaten und seinen gottlosen Standarten. Dass er hunderte von Männern gekreuzigt hat, hunderte von Frauen und Kindern ermordet hat. Er hat es verdient!"

„Ihr wollt Pilatus umbringen?" Für einen Moment schnappte die Stimme des Aussätzigen über. „Wisst ihr, was für einen Sturm ihr damit entfacht? Die Römer werden das niemals dulden. Sie werden fürchterliche Rache nehmen. Barrabas muss verrückt sein!"

„Nein, Elias, er hat seinen Plan genau durchdacht. Du hast doch von Jeshua gehört, diesem Rabbi aus Nazareth? Viele folgen ihm nach. Und manche glauben, dass er der Messias ist. Er ist gerade in Jerusalem zum Pessach-Fest. Unsere Boten haben uns berichtet, dass er von den Menschen in Jerusalem wie ein König empfangen wurde. Ein Wundertäter wie er könnte alle vereinigen, auch die, die gegen uns Zeloten waren. Wenn er sich zum König machen lässt, dann könnte das ganze Volk hinter ihm stehen. Dann hätten auch die Römer einen schweren Stand. Gott wäre mit uns. Ihn müssen wir auf unsere Seite ziehen."

„Der Messias!" Elias bekam leuchtende Augen. „Was gäbe ich dafür, wenn ich ihm begegnen könnte. Bist du sicher, dass er der Messias ist?"

„Um ehrlich zu sein: Nein", entgegnete Samuel. „Eigentlich zweifle ich daran. Alles, was ich bisher von ihm gehört habe, passt zu wenig zu dem, was ich vom Messias erwarte. Aber viele Leute denken, er könnte es sein. Er heilt Kranke, sogar Aussätzige, und er kümmert sich um die Armen. Und Barrabas ist überzeugt davon, dass er ihn für seine Zwecke gewinnen kann."

Kai machte innerlich einen Luftsprung. Nun würde er doch noch Jesus selbst begegnen. Dass die Zeloten ihre Hand im Spiel hatten, das hatte er nicht gedacht. Aber plötzlich fiel ihm noch etwas anderes auf: Barrabas! Dieser Name. Er kam ihm irgendwie bekannt vor, schon die ganze Zeit hatte ihn dieser Name nicht losgelassen. Er wusste, er hatte schon einmal von Barrabas gehört oder gelesen. Aber wo? Es wollte ihm einfach nicht einfallen.

Während Samuel mit Elias redete, hatten einige Zeloten fünf Esel gebracht und der Hausherr ging nun mit den beiden Jugendlichen, die Kai aus der Höhle geschleppt hatten, ins Innere, um Lebensmittel zu holen. Sie kamen wieder mit einigen Fladenbroten, ein paar Säcken mit getrockneten Datteln, Feigen und Bohnen und mit einem Bündel dunkelroter Streifen von Trockenfleisch.

„Wasser könnt ihr euch aus dem Brunnen holen. Wenn eure Säcke nicht reichen, bekommt ihr ein paar von mir."

Auch einige Schwerter gab es noch, die die Kameraden von Samuel aus dem Haus trugen. Es waren aber nicht genug für alle Männer, sodass einige leer ausgingen.

Nun war es an der Zeit, sich von Elias zu verabschieden. Da nahm der Alte Samuel zur Seite und fragte mit einem Blick auf Kai: „Was macht eigentlich dieser Junge bei euch? Gehört der zu einem von euch? Ich glaube nicht, dass euer Unternehmen etwas für Kinder wird."

Samuel erklärte in wenigen Worten, wie sie Kai gefunden

hatten und warum sie ihn mit sich herumschleppten. Elias hörte mit gerunzelter Stirn zu.

„Vielleicht ist es besser, ihr lasst den Jungen bei mir. Wer weiß, ob er euch noch Ärger macht. Ich hab eine leere Zisterne, dort könnte ich ihn gut verstecken. Den wird bei mir schon keiner entdecken. Die Leute trauen sich sowieso nicht zu mir. Wer so aussieht wie ich, der wird in Ruhe gelassen", lachte er heiser. „Wenn euer Plan aufgeht, dann könnt ihr ihn ja später wieder abholen."

Der Alte kam ganz dicht an Kai heran und musterte ihn von oben bis unten. „Ist ja ein hübsches Bürschchen. Den könnte ich hier auch ganz gut gebrauchen. Ich hab nicht so viel Gesellschaft und Arbeit gibt es auch genug." Mit seiner schmutzigen Hand strich er beinahe zärtlich über Kais Wange, der schreckensstarr alles mit sich geschehen ließ. „Verdammt zarte Haut hast du, mein Engelchen", sagte er leise, sodass nur Kai es hören konnte. „Du bist sicher kein Bettlerkind."

Und laut wandte er sich wieder an Samuel: „Na, was ist, wollt ihr den Jungen dalassen? Ich geb euch auch was dafür. Ich glaube, ich hab einen Narren an ihm gefressen."

Kai erschrak. Um nichts in der Welt wollte er bei diesem abstoßenden Menschen in seiner stinkenden Umgebung bleiben.

„Ich rede mit den anderen", sagte Samuel und ging zu seinen Begleitern.

Kapitel 10: Wadi Qelt

„Ich will nicht hierbleiben!“, dachte Kai. Hoffentlich entschieden die Zeloten, ihn mitzunehmen. Alles war besser, als bei diesem widerlichen Elias zurückzubleiben, ganz egal, was sie vorhatten. Wer weiß, was dieser Mensch mit ihm anstellen würde? So wie der aussah, war ihm alles zuzutrauen. Kai sah, dass die Zeloten heftig miteinander diskutierten. Er versuchte aufzuschnappen, was sie redeten, aber er wurde nicht recht schlau daraus.

Schließlich kam Samuel zurück: „Wir haben beschlossen, den Jungen mit uns zu nehmen, vielleicht kann er uns nützlich sein. Wenn es hart auf hart kommt, dann können wir ihn als Geisel verwenden.“

Kai fühlte sich erleichtert. Lieber mit den Zeloten unterwegs, die er schon kannte, als einsam und allein in einer feuchten Zisterne zu hocken und von diesem unheimlichen Alten mit vergammelten Essensresten versorgt zu werden. Nur die Aussicht, vielleicht als Geisel gebraucht zu werden, beunruhigte ihn.

„Wie ihr wollt“, brummte Elias, aber Kai konnte ihm ansehen, dass er mit der Entscheidung der Zeloten nicht einverstanden war. Der Himmel mochte wissen, was ihm an einem Jungen wie ihm gelegen war.

Samuel war wieder zu den anderen gegangen, und sie bereiteten ihren Weitermarsch vor. Die Lebensmittel und die Wassersäcke wurden auf den Eseln festgezurrt. Einige Männer stritten sich, wer von ihnen eines der wenigen Schwerter bekommen sollte. Kai wurde mit seiner Leine an einen der

Esel gebunden. Den Wagen und den Ochsen ließen sie bei Elias zurück. Elias blickte ihnen versonnen nach und kratzte sich an seinem narbigen Kopf. Dieser Jeshua von Nazareth, von dem sie erzählt hatten – wenn er nun wirklich der Messias war? Und wenn er tatsächlich Aussätzige heilen konnte?

„Wenn das Pessachfest vorbei ist, dann gehe ich hinauf nach Jerusalem", beschloss er. „Dort werde ich ihn treffen. Ich werde ihm nachfolgen und ich werde ihn fragen, ob er mich heilen kann. Ich werde ein neues Leben anfangen."

Um keine Zeit zu verlieren, machte sich die Gruppe der Zeloten gleich auf den Anstieg ins Wadi Qelt. Im Jordantal und rund um die Oase von Jericho war die Landschaft fruchtbar und grün gewesen. Nun wurde es immer trockener und es gab nur noch wenige Sträucher und dürres Dornengestrüpp. Zunächst ging es über eine flache Ebene, dann stieg das Gelände zunehmend an und sie kamen an den Eingang eines Tales, das sich immer weiter verengte, bis es eine tief eingegrabene Schlucht aus rot-gelbem Fels war. Der schmale Weg wand sich mal am Boden der Schlucht, dann wieder in halber Höhe der steilen Hänge. Man konnte sehen, dass die Schlucht in vielen Jahrtausenden durch einen Fluss entstanden war, der sich in den Felsen gefressen hatte. Er hatte bizarre Formen geschaffen: Immer wieder gab es ausgewaschene Becken und Rinnen, Wasserfälle und Stromschnellen, die schwierig zu bewältigen waren. Dazwischen reckten sich schlanke Felsnadeln, die das Wasser ausgespart hatte. Der reißende Fluss allerdings, dem dieses Tal zu verdanken war, fehlte. Es war, bis auf einige schlammige Tümpel an den tiefsten Stellen des Flussbettes, vollkommen trocken.

Auch einen der Männer schien das zu beeindrucken. Er war hier zum ersten Mal und fühlte sich nicht so recht wohl in der Wüste. Am See Genezareth, wo er herkam, kannte man diese Trockenheit nicht. „Wird unser Wasser ausreichen?“, fragte er Samuel.

„Weiter oben im Wadi gibt es Quellen, sodass immer wieder Wasser zum Vorschein kommt. Du kannst es gut erkennen, überall da, wo es grün ist und Pflanzen wachsen. Und wenn wir wollen, können wir auch aus der Wasserleitung des Herodes trinken. Du wirst sehen, wir werden genug Wasser haben. Dort an der Quelle ist es auch wieder richtig grün.“

Aber abseits des Talgrundes, an den steilen Hängen, war es staubtrocken, und obwohl die Sonne unterging, stand noch eine unerträgliche Hitze im Tal. Alle in der Gruppe waren froh, wann immer sie frisches Wasser im Flussbett fanden und etwa alle halbe Stunde wurde eine kurze Rast gemacht, um zu trinken.

Je höher sie kamen, desto enger und unüberschaubarer wurde die Schlucht. Manchmal zweigten weitere Täler ab, manchmal ließen riesige Felsblöcke den Eindruck entstehen, dass sie in einer Sackgasse angekommen waren. Aber dann gaben die Felsen doch wieder eine Öffnung frei und es ging weiter.

Plötzlich hörten sie einen gellenden Pfiff. Die Gruppe blieb stehen. „Ein Wachtposten. Wir sind da! Da vorne muss das Lager von Barrabas sein“, sagte Samuel. „Wartet, bis der Wächter uns leitet.“

Tatsächlich erschien nach kurzer Zeit ein bewaffneter Mann. „Shalom“, grüßte er. „Wir haben schon auf euch gewartet. Folgt mir!“

Er ging voran, direkt auf gewaltige Felsblöcke zu, die das Tal zu versperren schienen. Dazwischen befand sich jedoch ein schmaler Pfad, der in ein Nebental hineinführte. Es ging einige hundert Meter weiter, dann konnte Kai das Lager der Zeloten sehen. Vom eigentlichen Wadi Qelt völlig uneinsehbar, hatten die Zeloten Zelte und ein geräumiges Lager errichtet, in dem mindestens 50 Männer hausten. Es gab sogar Wasser. Zwischen den Felsen ergoss sich eine Quelle und bildete einen kleinen Tümpel mit grünen Rändern. Genug, um die Tiere der Zeloten zu tränken und dass auch die Männer keinen Durst leiden mussten.

„Bequem habt ihr's hier! Wo ist Barrabas?", fragte Samuel den Wächter, der sie hereingeführt hatte. Barrabas war in seinem Zelt, wo er sich gerade mit einigen Vertrauten beriet. Samuel wurde zu ihm gebracht und blieb lange Zeit dort. Inzwischen wurden den Neuankömmlingen Lagerstätten zugeteilt, wo sie sich von den Strapazen der Reise ausruhen konnten. Auch Kai wurde ein Platz in einem Zelt zugewiesen, ausgerechnet neben Ruben. Aber er war im Moment zu müde, um sich Sorgen deswegen zu machen. Er wollte nur noch schlafen und er fiel auch, kurz nachdem er sich ausstrecken konnte, in einen tiefen, traumlosen Schlaf.

***

Simone und Raphael waren in den letzten Tagen gut vorangekommen. Sie hatten das Jordantal verlassen, dem sie die ganze Zeit in Richtung Süden gefolgt waren und würden nun bald Jericho erreichen. Simone bemerkte, dass Raphael immer besorgter aussah. Irgendetwas ging hier vor, das ihn beunruhigte. Aber was? Sie tippte ihn an und schaute ihn mit einem ebenfalls besorgten Gesichtsausdruck an. Raphael musste lachen, er dachte wohl, dass sie versuchte, ihn nachzuäffen. Sie schüttelte den Kopf und zeigte auf Raphael. Dann versuchte sie wieder, diesen besorgten Gesichtsausdruck anzunehmen.

„Was ist los?“, fragte sie ihn. „Stimmt etwas nicht?“

Er brauchte eine Weile, bis er erfasste, was sie wissen wollte. „Hier stimmt etwas nicht“, sagte er langsam. „Es sind so viele Römer unterwegs. Sind dir die Reiter aufgefallen, die uns begegnet sind? Das ist nicht normal. Das waren irgendwelche Kuriere. Ich hab ein schlechtes Gefühl. Hier braut sich etwas zusammen.“

Tatsächlich fiel es nun auch Simone auf. Immer wieder waren ihnen Römer begegnet, die sehr schnell auf Pferden an ihnen vorbeigeritten waren. Manche waren ihnen entgegengekommen, andere hatten sie überholt. Auch größere Truppen sahen sie. Es wurden immer mehr, je näher sie Jericho kamen. In der Stadt sahen sie zahlreiche Patrouillen, die die Straßen durchkämmten.

„Beachte sie möglichst wenig, damit wir nicht auffallen“, riet ihr Raphael. „Meine Verwandten besuche ich später. Jetzt sollten wir sehen, dass wir ins Wadi Qelt kommen, was immer du dort suchst. Ich habe so eine Ahnung, dass wir nicht mehr viel Zeit haben. Es stimmt etwas nicht im Wadi und mit dem Weg nach Jerusalem. Keine Ahnung, was du damit zu tun hast.“

Sie durchquerten die Stadt Jericho, ohne aufgehalten zu werden. Es wurden immer mehr Römer. Regelmäßig erschienen nun kleinere Gruppen von Legionären, manchmal zu

Fuß und manchmal beritten. Simone spürte, dass unter ihnen eine große Anspannung herrschte. Irgendetwas Gefährliches stand bevor. Vereinzelte Worte, die die Römer sich auf lateinisch zuriefen, konnte sie aufschnappen. Der Babelfish, das kleine Gerät in ihrem Ohr, übersetzte sie auch zuverlässig. Aber sie fand keinen Sinn darin.

Sie hatten den Ortsrand der Oase von Jericho erreicht und suchten den Weg, der ins Wadi Qelt führte. Bei einem ungepflegten und halb verfallenen Haus sahen sie eine besonders große Ansammlung römischer Soldaten. Sie scharten sich um einen Menschen, der wie ein zerlumpter Bettler aussah, mit einem fürchterlich entstellten Gesicht. Simone und Raphael versuchten, sich mit ihren Reittieren an den Römern vorbeizudrücken.

Dabei konnte Simone hören, wie der Bettler lautstark mit den Soldaten diskutierte. Sie verlangsamte ihre Schritte, um alles mitzubekommen. Der Bettler deutete auf sie und Raphael und sagte gerade: „Haltet die Kinder auf, sie dürfen nicht ins Wadi. Die Zeloten, die heute morgen hier waren, hatten einen Jungen dabei. Ich habe versucht, ihm zu helfen. Ich habe ihnen gesagt, dass ich ihn bei mir behalten kann. Ich wollte ihn raushalten, damit ihm nichts passiert. Aber sie haben beschlossen, ihn mitzunehmen. Er war offensichtlich eine Geisel. Vielleicht das Kind von einem Römer, wer weiß." Eindringlich wandte er sich an den Zenturio[23]: „Achtet darauf, dass ihr das Kind schont. Der Junge kann nichts dafür."

Simone blieb auf einmal wie elektrisiert stehen. Dieser Junge, von dem der Bettler geredet hatte, das musste Kai sein. Er war mit diesen Zeloten auf dem Weg nach Jerusalem. Sie waren ganz nah dran. Simone schöpfte Hoffnung. Vielleicht waren es nur noch ein paar Kilometer, die sie noch trennten.

Raphael, der auf keinen Fall die Aufmerksamkeit der Römer auf sich ziehen wollte, zog sie vorwärts. „Komm, bleib nicht stehen und dreh dich nicht um. Machen wir, dass wir weiterkommen!"

Aber da stellten sich ihnen schon einige Soldaten in den Weg, ergriffen das Zaumzeug der Esel und hielten sie an. „Was ist los?", fragte Raphael mit Unschuldsmiene.

„Wo wollt ihr hin?", fragte ein Soldat in gebrochenem Aramäisch.

„Nach Jerusalem, zu unserem Onkel", log Raphael.

„Das Tal ist gesperrt", behauptete der Legionär. „Es findet ein Manöver statt zur Sicherheit wegen des bevorstehenden Pessachfestes."

Simone war den Tränen nahe. Sie war so kurz davor, Kai wiederzufinden und jetzt das. „Was sollen wir tun?", flüsterte sie Raphael zu, ohne daran zu denken, dass er sie ja nicht verstehen konnte.

Aber irgendwie schien er schon zu erraten, was sie meinte, denn er antwortete ihr: „Dann gehen wir erst mal zu meinen Verwandten. Dort können wir die Nacht verbringen. Vielleicht lassen sie uns ja morgen durch."

So kehrten sie um, und Raphael führte sie zum Haus seines Onkels Josaphat und seiner Tante Mirjam, wo sie mit herzlicher Freude empfangen wurden. „Raphael, mein Junge, so lange habe ich dich nicht mehr gesehen. Du bist ja ein junger Mann geworden seit deiner Bar Mizwa[24]. Und sogar eine kleine Braut hast du dir schon mitgebracht." Simone errötete.

„Kommt herein, ihr seid sicher hungrig und durstig von der Reise. Was hat meine Schwester euch mitgegeben? Schön, dass ihr Pessach mit uns verbringen wollt." Simone sah ein, dass sie im Moment nicht weiterkamen. Vielleicht würde eine kleine Pause auch ganz guttun. Aber morgen, morgen würde sie weitermüssen. Und sie hoffte insgeheim, dass Raphael sie weiter begleiten würde. Auch wenn er dann vielleicht die gemeinsame Pessachfeier versäumte.

Der Rest des Tages verging wie im Flug durch die unbekümmerte Selbstverständlichkeit, mit der sie bei Raphaels Verwandten aufgenommen wurde. Jeder war gespannt, die neuesten Geschichten aus der Familie zu hören. Raphael erzählte ein wenig von ihrer Reise nach Jericho. Hannah, Raphaels Cousine, die etwa in Simones Alter sein musste, musterte Simone kritisch. Sie war neugierig und klug, und sie stellte immer wieder Fragen, um herauszufinden, was für ein Geheimnis sich hinter Simone verbarg. Simone fand sie sympathisch. So eine Freundin würde sie sich wünschen. Sie lächelte sie an und versuchte zu überspielen, dass sie keine rechte Antwort geben konnte.

Der Abend brach an und nach kurzer Dämmerung wurde es Nacht. Ein leuchtender Mond erschien am Himmel. Bald, in wenigen Tagen, würde Vollmond sein. Dann feierten die Juden das Pessachfest. Die Nacht war sternenklar und durch das Mondlicht waren die Hügel und Berge in Richtung Jerusalem in einen schwachen, silbrigen Glanz getaucht.

„Was für eine wunderschöne Nacht!", dachte Simone. Schweigsam saß sie neben Raphael, der wie sie in den Mond blickte und seinen Gedanken nachhing. Verstohlen sah sie ihn von der Seite an. Er war wirklich ein hübscher Junge mit seinen schwarzen Locken und den dunklen Augen. Was er wohl von ihr dachte? Und ob sein Onkel das ernst gemeint hatte, was er da über sie gesagt hatte? Das mit der Braut. Immerhin konnten damals die Mädchen wirklich mit 12 oder 13 Jahren verheiratet werden, soviel war ihr bekannt. „Hoffentlich gerate ich da in nichts rein“, dachte sie. „Wer weiß, warum die alle so nett und zuvorkommend zu mir sind.“

Kapitel 11: Der Angriff

Nach einer Weile brach Raphael das Schweigen: „Ich will ja nicht neugierig sein, aber was ist eigentlich der Grund dafür, dass du so dringend ins Wadi Qelt musst? Du warst doch noch nie dort, stimmt's?"

Simone nickte. Raphael fuhr fort:

„Also, was gibt es so Besonderes im Wadi, dass du selbst dann hinmusst, wenn die Römer dort sind?"

Simone hatte die ganze Zeit schon darauf gewartet, dass Raphael irgendwann fragen würde. Aber wie sollte sie es ihm erklären? Da kam ihr eine Idee, wie sie es wenigstens versuchen konnte: Sie nahm einen trockenen Zweig vom Boden und begann, auf dem vom Mondlicht erhellten Sandboden, zwei Menschen zu zeichnen.

„Simone", sagte sie und deutete auf eine der Figuren. Dann zeigte sie auf die andere und sagte „Kai".

„Kai?", fragte Raphael. Simone nickte:

„Simone und Kai", sagte sie wieder und zeigte auf die beiden Figuren. Sie sah, dass er verwundert war.

„Simone und wer?", fragte Raphael jetzt. „Das war doch Griechisch, oder? *„kai"* – das heißt *„und"*. Also, Simone *und* wer?"

„Nein, nein, nein", antwortete Simone und schüttelte den Kopf. Wieder zeigte sie auf die zweite Figur und sagte „Kai".

Raphael überlegte eine Weile und fragte dann:

„Kai – das ist ein Name, richtig?"

Simone nickte.

„Kai, ist das ein Junge? Dein Freund?"

Simone nickte jedes Mal. Raphael zog die Augenbrauen zusammen und fragte weiter:

„Bist du seine Verlobte?"

Simone schaute ihn verständnislos an und musste dann laut lachen.

„Nein!" Sie überlegte einen Moment und erinnerte sich dann an das aramäische Wort: *„Lo!" „Lo meorasah!"* Sie wiederholte das Wort, welches sie gerade von ihm gehört hatte mit der Verneinung und schüttelte den Kopf. Was für eine Vorstellung. Sie war erst zwölf Jahre alt! Noch einmal musste sie bei dem Gedanken lachen und Raphael lachte nun mit.

Dann wurde sie wieder ernst und malte mehrere Strichmännchen mit Waffen um Kai herum.

„Zeloten!", sagte sie.

„Zälotäs?!", fragte Raphael erschreckt, indem er das ursprüngliche griechische Wort aussprach. Offenbar kannte er die Bezeichnung und sie hatte eine erschreckende Bedeutung für ihn. Wieder nickte Simone und spürte, wie sich ein Gefühl der Angst in ihrem Magen zusammenzog. Er hatte verstanden. Dann sagte sie:

„Zälotäs, Kai, Wadi Qelt."

Jetzt schaute auch Raphael ernst, sehr ernst. Simone wurde mit einem Mal bewusst, dass die Lage, in die Kai geraten war, wohl noch viel schwieriger war, als sie es sich gedacht hatte.

„Zeloten", murmelte Raphael vor sich hin. „Und dann auch noch die vielen Römer, die gerade hier sind. Das verheißt nichts Gutes."

Mit einem Ruck wandte er sich wieder zu Simone und sah ihr in die Augen: „Und du willst deinen Kai jetzt von den Zeloten befreien, ja?"

Es klang etwa so, als habe Simone den unsinnigen Wunsch geäußert, einem wütenden Löwen seine Beute zu entreißen. Simone wurde auf einmal klar, dass es vermutlich genau so war. Diese Zeloten, das war keine Jungsbande aus der Parallelklasse, die einem den Ball weggenommen hatten. Nein, das waren Kerle, die vor keiner Gewalttat zurückschreckten und die sich kaum von einem Mädchen und einem Jungen mit Esel einschüchtern lassen würden.

In Simone machte sich ein Gefühl von abgrundtiefer Verzweiflung breit. Sie kam sich vor, als würde sie im tiefsten Verlies sitzen und dazu verdammt sein, nie wieder das Tageslicht zu sehen. „Wenn es doch nur ein einfacher Alptraum sein könnte, und nachher wache ich auf und bin wieder in meinem Zimmer", dachte sie. „Und Kai und die Zeitmaschine, das alles war gar nicht wirklich." Aber es war kein Traum. Sie saß hier in Jericho im Jahr 30 mit einem fremden, braungebrannten Jungen, der nur Aramäisch sprach und musste einen anderen Jungen aus der Zukunft aus der Hand von Terroristen und Mördern befreien.

Flehend sah sie Raphael an: „Aber wir müssen ihn befreien, verstehst du! Sonst sind wir beide verloren."

Raphael verstand nichts, aber er sah ihr an, wie dringend es für sie war und er beschloss, ihr zu helfen. Irgendetwas würde ihm schon einfallen. Er nahm Simones Hand:

„Morgen", sagte er, „morgen gehen wir ins Wadi Qelt. Ich kenne mich aus, ich war schon öfter mit meinem Onkel dort." Simone blickte ihn dankbar an und schöpfte wieder Hoffnung.

„Wir werden ihn finden", sagte Raphael entschlossen, aber innerlich schimpfte er mit sich selber: „Du verdammter Idiot, warum sagst du ihr nicht die Wahrheit? Wir haben keine Chance gegen die Zeloten. Nur weil sie dich so unglücklich anschaut, musst du den Helden spielen! Sie ist ein fremdes Mädchen, das nicht mal deine Sprache spricht. Was geht sie dich an? Warum musstest du dich überhaupt um sie kümmern?"

Er schwieg, aber die Gedanken ließen ihn nicht los. Aus den Augenwinkeln blickte er sie an, wie sie vor ihm auf dem Boden kauerte wie ein verlorener Spatz. „Sie ist so fremdartig, wie aus einer ganz anderen Welt. Wenn ich nur wüsste, wo sie her ist", dachte er.

Er legte den Arm um ihre Schultern.

„Schau den wunderschönen Himmel an. Kennst du die Geschichte, wo Gott Abraham die Sterne zeigt, um ihm Mut zu machen?"[25] Simone nickte schwach.

„Das ist ein Versprechen, das Gott gibt. Und es sagt uns, dass wir den Glauben nicht aufgeben sollen, auch wenn alles hoffnungslos erscheint", fuhr er fort und seine Stimme bekam tatsächlich einen festeren, hoffnungsvollen Klang.

„Ja, du hast recht", dachte Simone. „Wir geben noch nicht auf. Wir werden es schaffen." Sie lauschte den vielen leisen Geräuschen der Nacht und atmete tief die vielfältigen Düfte ein. „Es ist wirklich eine wunderschöne Nacht", dachte sie und schwieg.

Versunken in ihre Gedanken hatten die beiden nicht bemerkt, dass die Römer verschwunden waren. Nach Einbruch der Dämmerung waren es immer weniger geworden. Leise, wie Schatten, waren sie aus Jericho ausgezogen und hatten sich als lautlose Jäger ins Wadi Qelt begeben.

***

Kai bemerkte nichts von dem Zauber der Mondnacht. Er schlief fest wie ein Stein. Bis er von irgendetwas aufschreckte. Er setzte sich auf und lauschte. Der Platz neben ihm, wo Ruben gelegen hatte, war leer. Er zog vorsichtig an der ledernen Leine, die sie ihm ums Handgelenk gebunden hatten. Sie gab nach. Sie war nirgendwo festgebunden. Er versuchte, mit seinen Zähnen den Knoten zu lösen, bis er sie abstreifen konnte. Wieder hielt er inne und lauschte. Irgendetwas war seltsam. Es war so ungewöhnlich still. Die üblichen Geräusche der Nacht fehlten: Zikaden oder das raue Lachen einer Hyäne irgendwo in der Ferne. Der Schrei eines Nachtvogels, dann war wieder Stille. Etwas lag in der Luft. Kai spähte aus dem Zelt. Im Mondlicht konnte er die Silhouetten der Wachen ausmachen. Auch sie schienen es zu spüren. Sie saßen oder standen in höchster Anspannung.

Plötzlich brach es herein wie ein Gewitter.

„Römer!“, hallte ein gellender Schrei über das Lager, da erhob sich auch schon ein ohrenbetäubender Lärm. Der blechern kreischende Klang der römischen Kriegstrompeten ging Kai durch Mark und Bein. Wie gelähmt stand er in der Zeltöffnung und sah, wie aus der Dunkelheit von allen Seiten römische Legionäre in das Lager stürmten. Die Zeloten rannten durcheinander, manche torkelten noch so verschlafen aus ihren

Zelten, dass sie sich erst mühsam orientieren mussten. Andere, wie Ruben, waren schon in heftige Kämpfe verwickelt.

Kai sah Samuel, der wild mit seinem Schwert um sich hieb und sich gegen vier Römer zur Wehr setzte. Dann verlor er ihn aus dem Blick. Viele Zeloten wurden erschlagen, bevor sie sich richtig auf einen Kampf einstellen konnten. Die Römer hatten einen perfekten Überraschungsangriff inszeniert. Die Zeloten waren sich zu sicher gewesen, dass sie in dem unwegsamen Gelände im Vorteil sein würden. Aber sie hatten sich geirrt.

Ein Brandsatz flog mitten ins Lager und setzte ein Zelt in Brand. Im Nu ergriff das Feuer die Nachbarzelte und das Lager erstrahlte in rotem Licht. Dadurch wurden die Zeloten zur Zielscheibe der Bogenschützen, die bisher in der Dunkelheit gewartet hatten und die jetzt einen Hagel von Pfeilen auf die schutzlosen Männer schickten, die sich noch im Lager befanden. Nun kam wieder Leben in Kai. Er warf sich nach hinten ins Zelt zu Boden und robbte unter der rückseitigen Zeltwand hindurch und aus dem Zelt hinaus in die Dunkelheit. Knapp entging er einem verirrten Pfeil, der sich neben ihm in den Boden bohrte. Geschützt durch die flackernden Schatten rannte er etwa dreißig Meter gebückt, um eine Felsspalte zu erreichen, die ihm bei Tag aufgefallen war. Er drückte sich hinein und wartete.

Die Zeloten schrien wild durcheinander. Es gab Befehle und Gegenbefehle, keiner wusste so richtig, was zu tun und wo in der Dunkelheit der Feind zu erwarten war. Der Schein des Feuers nahm wieder ab, die Zelte und die wenigen Gepäckstücke der Zeloten hatten ihm nur eine kurze Nahrung geboten. Aber die Pfeile der Römer hatten ihre Ziele gefunden. Zahlreiche Zeloten, die sich eben noch aus den brennenden Zelten retten konnten, waren geradewegs in den Pfeilhagel gelaufen. Mehr als ein Dutzend der Kämpfer hatte es getroffen. Die Verletzten wanden sich stöhnend am Boden oder versuchten, sich irgendwo in Sicherheit zu bringen. Aber dann waren auf einmal die römischen Soldaten über ihnen, die nun in immer größerer Zahl ins Lager vordrangen.

Bei den Zeloten brach der letzte Widerstand zusammen. Ruben, Samuel und noch einige andere Kämpfer wurden von den Römern überwältigt und an Händen und Füßen gefesselt. Die Besiegten, die noch lebten, trieben sie in der Mitte des Lagers zusammen. Rings herum entzündeten die Legionäre Feuer, die das Lager hell erleuchteten. Der Lärm und das Geschrei hatten aufgehört. Die Gefangenen saßen in dumpfer Verzweiflung gebeugt inmitten ihrer Bewacher, nur ab und zu konnte man noch das Stöhnen eines Verletzten hören. Einige Legionäre entzündeten Fackeln an den Feuern und durchsuchten die Umgebung des Lagers nach versteckten Zeloten.

Vorsichtig streckte Kai seinen Kopf aus der Spalte, um sehen zu können, was weiter passierte. Plötzlich krallte sich eine harte Hand um seinen Hals. Die andere Hand legte sich blitzschnell auf seinen Mund. Kai blieb fast das Herz stehen. Er versuchte, sich zu befreien, aber er hatte keine Chance. Der Mann hatte ihn fest im Griff, wie ein Schraubstock, und er zog ihn mit sich in die Felsspalte.

„Wenn du schreist, bist du tot!“, presste er tonlos heraus.

Kapitel 12: Die Mauern von Jericho

Als Simone aufwachte, war es schon heller Tag. Sie blinzelte und brauchte eine ganze Weile, um erst einmal ihre Gedanken zu sortieren. Lange hatte sie noch in der Nacht mit Raphael zusammengesessen und sie hatten versucht, miteinander zu reden. Sie konnte nun schon ein paar Brocken Aramäisch und war richtig stolz darauf. Ob sich Raphael darüber wunderte, dass sie ihn perfekt verstand, aber nur so wenig sprechen konnte? Er hatte nichts dergleichen gesagt. Vielleicht fand er es einfach geheimnisvoll, jemanden zu kennen, der offensichtlich von sehr weit herkam und er wollte das Geheimnis nicht zerstören.

Simone schaute sich um. Sie war in einem kleinen Raum mit mehreren Schlaflagern, die aber alle schon verlassen waren. Sie verspürte auf einmal Hunger. Sie stand auf und fuhr sich mit den Fingern durch die Haare. Die waren völlig verfilzt und staubig. „Eine Haarbürste wäre auch nichts Dummes", dachte sie. „Und eine Dusche wäre sogar noch besser." Aber so etwas gab es wohl in dieser Zeit und in dieser trockenen Gegend nicht.

Sie schob den Vorhang aus Schnüren und Holzperlen beiseite, der in der Tür hing, und ging nach draußen. Der Ausgang führte in einen Innenhof, dessen Seiten durch zwei weitere Gebäude und eine Mauer begrenzt waren. In der Mitte des Hofes befanden sich eine Feuerstelle und einige Bänke aus Steinplatten. Als sie über den Hof ging, hörte sie aus einem der anderen Gebäude die Stimme von Raphael. Er hörte sich zornig an. Er stritt sich mit einem Mann, wahrscheinlich sein Onkel.

Sie konnte nur einige Sätze verstehen:

„… unverantwortlich, jetzt nach Jerusalem zu wollen!"

„Aber ich habe versprochen, ihr zu helfen! Ich habe mein Wort …"

„Das ganze Tal ist voller Römer. Sie verfolgen eine Gruppe Zeloten. Hast du nicht die vielen Soldaten gesehen, die das Tal abgesperrt haben? Und heute Nacht den Feuerschein am Himmel? Im Tal wird gekämpft!"

„Aber wir müssen es wenigstens versuchen. Wir passen schon auf. Ich bin kein Kind mehr, du hast es selbst gesagt!"

„Nein! Du bringst dich in Gefahr und deine Freundin dazu! Was soll ich deinen Eltern sagen, wenn die Römer euch umbringen?"

Raphael antworte etwas, das Simone nicht verstehen konnte, dann hörte sie wieder die barsche Antwort des Onkels:

„Keine Diskussion mehr. Ich sage: Nein! Das ist mein letztes Wort!"

Der Streit endete und Raphael stürmte mit hochrotem Kopf und einem finsteren Gesicht nach draußen. Er bebte vor Zorn. Als er Simone entdeckte, wich der ärgerliche Ausdruck auf seinem Gesicht einem flüchtig verlegenen Lächeln. Er kam auf sie zu.

„Ma?", sagte Simone und setzte eine fragende Miene auf. Für einen Moment grinste Raphael breit, denn Simone hatte ein aramäisches Wort benutzt: *„Was?"* Dann verfinsterte sich sein Gesicht wieder und er erzählte ihr mit unterdrücktem Zorn vom Streit mit seinem Onkel. Er hatte ihnen verboten, ins Wadi Qelt zu gehen. Die Nachricht von den Zeloten im

Wadi und den römischen Soldaten hatte sich wie ein Lauffeuer im Ort verbreitet.

Simone kämpfte mit den Tränen. Ohne sie war Kai verloren. Sie musste ihm helfen. Sie biss sich auf die Lippen. Sie sah so unglücklich und verloren aus, dass Raphael sie in den Arm nahm.

„Wir gehen trotzdem!", sagte er trotzig. „Wir müssen nur warten, bis Onkel Josaphat bei der Arbeit ist. Dann schleichen wir uns weg. Meine Esel stehen noch draußen. Wir brauchen nur ein paar Sachen zum Essen und einen Sack Wasser."

„Ach ja, Essen", dachte Simone und erinnerte sich daran, dass sie Hunger hatte. Sie überlegte kurz: Wie war das Wort für Brot nochmal? *Le...?* Jetzt fiel es ihr ein: *„Lechem!"*, sagte sie.

„Natürlich, du hast Hunger. Entschuldige, dass ich nicht gleich daran gedacht habe", sagte Raphael. Er brachte Simone ein Fladenbrot, eine Schüssel mit Getreidebrei und einen Becher Ziegenmilch. Dazu gab es noch einige getrocknete Feigen.

Nachdem Simone sich gesättigt hatte, ging sie ins Haus zu ihrem Schlafplatz, um ihre Sachen zu packen. Sie hängte sich die Hirtentasche mit den beiden Rucksäcken über die Schulter und ging wieder nach draußen. Raphael war verschwunden. Sie sah, wie sein Onkel über den Hof lief und in dem hinteren Gebäude verschwand.

„Das ist wohl seine Werkstatt", dachte sie sich. Raphaels Onkel war Töpfer. Vor dem Gebäude, in dem er arbeitete, waren Regale aufgebaut, auf denen Krüge und Schalen in verschiedenen Formen trockneten. Damit die Sonne nicht direkt darauf scheinen konnte, überdeckte eine Art Pergola aus geflochtenen Binsenmatten den Platz vor der Hütte. Rechts neben dem Gebäude befand sich ein Brennofen aus Lehm und Steinen.

Simone ging durch das Tor in der Mauer nach draußen. Das Haus von Raphaels Onkel war am Stadtrand von Jericho, in der Nähe der alten Stadtmauer. Links von ihr, in einer Senke, lag ein kleiner Brunnen. Dort wuchsen alte, knorrige Olivenbäume, die Schatten spendeten. Unter einem der Bäume sah sie einen von Raphaels Eseln, schon mit zwei großen Packsäcken beladen. Sie lief hin und streichelte dem Tier über die Stirn. Vom Haus kam Raphael mit einem großen Stock und einem Wassersack.

Gerade, als er ihn auf dem Esel festzurren wollte, ertönte ein gellender Pfiff. Simone zuckte zusammen und nahm ihre Tasche fest in den Arm. Es folgte eine wütende Schimpftirade von Raphaels Onkel, der voller Zorn aus dem Eingang des Hauses stürmte:

„Wie könnt ihr es wagen, gegen mein ausdrückliches Verbot doch ins Wadi aufzubrechen?! Wie kann man nur so wenig Verstand haben?“

Inzwischen hatte er Raphael erreicht, der ziemlich betreten zu Boden schaute. Auch Simone fühlte sich sehr unwohl. Schließlich war sie es, die Raphael in diese unangenehme Situation gebracht hatte. Josaphat packte seinen Neffen grob am Arm und zerrte ihn zum Haus. Simone trottete wie ein begossener Pudel hinterher.

Drinnen im Haus gingen die Vorwürfe noch eine Weile weiter: „Wie soll ich meiner Schwester unter die Augen treten, wenn ich zugelassen habe, dass dir etwas zustößt? Und hast du gar kein Verantwortungsgefühl gegenüber deiner Freundin hier?“, schimpfte Josaphat.

Simone wurde es noch unbehaglicher. Es war ja gar nicht Raphaels Idee, sondern sie war es, die unbedingt ins Wadi wollte. Eigentlich hätte Josaphat auf sie wütend sein müssen. Schuldbewusst zog sie den Kopf ein und ihre Augen füllten sich mit Tränen.

Raphaels Onkel war das nicht entgangen und es stimmte ihn offensichtlich etwas milder, sodass er in weniger heftigem Ton fortfuhr und sie mit anredete:

„Ich weiß nicht, was euch beide in dieses Tal zieht, was so ungeheuer wichtig ist, dass ihr euch meinen Anweisungen widersetzt und euch so großer Gefahr aussetzen wollt. Aber ich weiß, dass das im Moment wirklich kein guter Ort für zwei Jugendliche ist. Hier geht etwas sehr Gefährliches vor. Die Leute erzählen sich von Kämpfen zwischen Römern und Zeloten. Ich habe diese Fremden aus Galiläa selbst gesehen. Sie haben sich mit Waffen eingedeckt bei Elias, dem Aussätzigen. Mein Instinkt hat mir da schon gesagt, dass das Zeloten sind, und dass das Ärger geben kann. Und in der Nacht sind ihnen eine Menge Römer gefolgt. Du weißt es selber, Raphael: Wo immer Römer und Zeloten aufeinandertreffen, fließt Blut. Es ist meine Pflicht als dein Onkel, dass ich euch beschütze. Notfalls auch gegen euren Willen.“

Mit diesen Worten fasste er Raphael und Simone fest am Arm und zog sie über den Hof zu einem kleinen Vorratsschuppen.

„Ihr bleibt so lange hier, bis die Gefahr vorüber ist“, bestimmte er und schob sie durch die Türöffnung ins Innere. Danach schloss er die Tür und schob von außen einen Riegel vor. Sie waren gefangen.

„Du kannst uns doch nicht einfach einsperren!“, schrie Raphael. Aber Josaphat gab keine Antwort und ging über den Hof zu seiner Werkstatt.

Entmutigt setzte sich Simone auf den harten Lehmboden, während Raphael unruhig in dem kleinen Raum hin und her lief und immer wieder mit der Faust gegen die Wände schlug. Er war wütend auf seinen Onkel, dass er ihn wie einen ungezogenen Jungen behandelte und gleichzeitig war er beschämt über sich selbst. Einerseits, weil er dem Älteren gegenüber ungehorsam gewesen war, andererseits, weil er sich so willenlos hatte einsperren lassen. Als großer Held stand er nun nicht gerade vor Simone da.

Simone beobachtete ihn und hoffte, er würde endlich zur Ruhe kommen und sich hinsetzen. Sein Hin-und-her-Gelaufe machte sie nervös und ängstlich. Es tat ihr leid, dass er sich ihretwegen so aufregte und sie hoffte, dass er nun nicht sauer auf sie wäre. Er hätte schließlich allen Grund dazu. Hoffentlich kam er nicht auf die Idee, einfach in sein Dorf zurückzugehen. Verstehen könnte sie das, sie hatte ihm ja nur Ärger gemacht. Aber allein schon der Gedanke daran erfüllte sie mit Furcht. Was sollte sie dann bloß machen, ganz allein?

Endlich wurden Raphaels Schritte langsamer und er blieb vor der Tür stehen. Mit beiden Händen stemmte er sich gegen das Holz der Tür und versuchte, sie zu öffnen. Aber sie gab nicht nach.

„Er kann uns doch nicht einfach hier einsperren wie Tiere“, wiederholte er immer wieder und rüttelte nun kräftig an der Tür. Vergeblich, sie blieb fest verschlossen. Schließlich setzte er sich neben Simone, wo er wieder in ein resigniertes Schweigen verfiel.

Simone blickte sich in dem dämmrigen Raum um. Es war ein kleines Gebäude, ungefähr so groß wie ihr Gartenhaus zu Hause, mit Lehmwänden, die weiß gekalkt waren. Der Raum hatte keine Fenster. Nur oben, wo die Dachbalken auf den Mauern auflagen, gab es einige kleine Öffnungen zur Belüftung. Durch sie und durch den Spalt zwischen Tür und Wand kam etwas Licht herein. Sie konnte erkennen, dass überall Vorratsgefäße aus Ton standen, große, amphorenartige Krüge, die wohl mit Getreide oder Öl gefüllt waren.

Die einzige Möglichkeit, ihr Gefängnis zu verlassen, war die Tür, aber die hatte ihre Widerstandsfähigkeit gerade unter Beweis gestellt. Simone stand auf und ging zur Tür, um sie genauer in Augenschein zu nehmen. Vielleicht kam man ja mit Überlegen weiter als mit roher Gewalt.

„Das kannst du dir sparen“, hörte sie hinter sich dumpf Raphaels Stimme. „Du hast doch gesehen, dass sie nicht nachgibt. Und es gibt hier keinerlei Werkzeug. Wir können nichts machen. Wir müssen warten, bis mein Onkel wieder mit sich reden lässt.“

„Na ja“, fügte er nach einer kleinen Pause hinzu, „vielleicht hat er uns ja wirklich vor Schlimmerem bewahrt. Zeloten und Römer, das ist wirklich nicht harmlos.“

Simone antwortete nicht und sah sich die Tür erst recht noch einmal genauer an. Sie bestand aus festem Olivenholz, das der

Kraft eines Esels standgehalten hätte. Auf der linken Seite war sie an einem armdicken Rundholz befestigt, das oben und unten in einem Lagerstein steckte. Das sah sehr solide aus. Verriegelt war sie mit einem stabilen Holzriegel, der von außen vorgeschoben werden konnte. Von innen kam man allerdings nicht heran. Zwischen Tür und Wand war ein etwa fingerbreiter Spalt, durch den sie nach draußen blicken konnte. Mit den Fingerspitzen konnte sie den Riegel berühren, aber es gelang ihr nicht, ihn zurückzuschieben. Es war nichts zu machen. Enttäuscht setzte sie sich zurück zu Raphael und grübelte vor sich hin.

Eigentlich hatte sie große Angst davor, in dieses geheimnisvolle Tal zu gehen, wo offensichtlich Gefahr auf sie lauerte. Andererseits – hatte sie denn eine andere Wahl? Sie musste doch unter allen Umständen versuchen, Kai zu befreien. Sonst wäre er ein für alle Mal in dieser fremden Zeit verloren ohne sein Armband und ohne seinen Shuttlerucksack. Sie musste also hier rauskommen, koste es, was es wolle.

Kein Werkzeug, hatte Raphael gesagt. Mit einem Werkzeug könnte es gehen. Mit einer Axt könnte man die Tür zertrümmern. Aber es gab eben weit und breit keine Axt oder ein ähnlich durchschlagendes Gerät. Das hätte auch viel zu viel Lärm gemacht und Raphaels Onkel sofort auf den Plan gerufen. Simone konzentrierte sich in ihren Gedanken noch fester auf die Tür. Wo gab es eine Schwachstelle? Und wo gab es ein geeignetes Hilfsmittel, mit dem sie hier ausbrechen konnten? Die Tongefäße erschienen ihr unbrauchbar und sonst konnte sie nichts in dem kleinen Raum erkennen.

„Die schwächste Stelle ist wohl der Riegel“, überlegte sie. „Wenn wir eine Säge hätten, dann könnten wir ihn einfach durchsägen, denn er ist ja aus Holz. Eine Säge – wo bekommen wir hier eine Säge her?"

Eine Säge – mit einem Mal ging es ihr auf: Das Schweizer Taschenmesser! Sie hatte doch das Taschenmesser eingesteckt. Da müsste doch eine Säge dran sein! „Das ist es!", rief sie, stürzte zu ihrer Hirtentasche und kramte ihren kleinen schwarzen Rucksack heraus. Fieberhaft wühlte sie im Inneren herum, bis sie endlich das rote Taschenmesser in der Hand hielt. Unter all den verschiedenen Klingen gab es tatsächlich eine kleine Säge. Erleichtert klappte sie die Säge aus und wendete sich wieder der Tür zu.

Raphael hatte ihre plötzliche Aktivität überrascht und verwirrt beobachtet. Was machte dieses Mädchen da? Was hatte sie da für einen merkwürdigen schwarzen Beutel? Aus einem Material, das er noch nie im Leben gesehen hatte. Es war kein Leder, aber es war auch kein Wollstoff, sondern glänzte seltsam. Und was war das für ein kleines rotes Ding, das sie in der Hand hielt? Neugierig stand nun auch er auf und stellte sich neben sie an die Tür. Mit großen Augen beobachtete er, wie Simone das Taschenmesser mit der Säge durch den Türspalt führte und an dem Riegel zu sägen begann.

„Was hast du da?", fragte er.

Simone hielt einen Moment inne. „Taschenmesser", sagte sie und weil er nichts verstand, zeigte sie ihm das Messer. Ehrfürchtig nahm Raphael es in die Hand und fuhr mit dem Daumen vorsichtig über die scharfen Zähne des Sägeblatts. „*Ta-Schen-M*e*ssa?*" wiederholte er, was er von Simone gehört hatte. Er konnte den Worten keinen rechten Sinn abgewinnen, aber hatte so etwas auch noch nie zu Gesicht bekommen.

Es mussten sehr kunstfertige Handwerker sein, die ein solches Werkzeug herstellen konnten. Dieses Mädchen wurde ihm immer rätselhafter. „Woher hast du das?“, fragte er.

„Von meiner Patentante“, sagte Simone, als wäre es etwas völlig Selbstverständliches, und nahm ihm das Messer aus der Hand. Sie führte es wieder in den Türschlitz ein und sägte weiter. Es war eine recht mühsame Angelegenheit, denn mit der kurzen Säge konnte sie nur kleine Bewegungen machen und das Holz des Riegels erwies sich als ganz schön hartnäckig. Aber Millimeter um Millimeter fraß sich das kleine Sägeblatt durch das Holz. Noch ein paar Minuten, dann würde sie es geschafft haben.

Da hörte sie von draußen ein Geräusch. Da war jemand. Simone verharrte in ihrer Bewegung.

„Was macht ihr da?“, flüsterte eine Stimme. Es war Hannah, Raphaels Cousine. Sofort hatte sie erfasst, dass etwas Verbotenes im Gange war.

„Hannah!“, flüsterte Raphael. „Verrate uns bitte nicht! Wir müssen hier abhauen. Kannst du den Riegel zurückschieben? Dann geht es schneller.“

„Tut mir leid!“, antwortete es von der anderen Seite der Tür. „Dann kriege ich richtig viel Ärger. Das müsst ihr schon selber schaffen. Aber ich werde euch nicht verraten.“ Sie dachte einen Moment nach und fügte schelmisch hinzu: „Ich werde jetzt meinem Abba[26] ein bisschen auf die Nerven gehen. Dann ist er beschäftigt, und keiner merkt, was ihr hier tut.“

Sie hörten, wie sie sich singend entfernte und zur Töpferei lief.

Simone atmete auf und begann wieder, vorsichtig zu sägen. Schließlich hatte sie es geschafft. Sie zog das Messer zurück, klappte die Säge ein und ließ es wieder in ihrem Rucksack verschwinden. Dann grinste sie Raphael an: „Na, was sagst du jetzt?"

Raphael war sichtlich beeindruckt, aber er hatte auch ein schlechtes Gewissen bekommen. „Wenn mein Onkel das sieht, dass wir den Riegel beschädigt haben, dann wird er erst recht zornig mit mir sein. Dann war das vorhin noch gar nichts dagegen. Na ja, jetzt ist sowieso alles zu spät. Schauen wir, dass wir wegkommen."

Vorsichtig öffnete er die Tür einen Spalt und spähte über den Hof. Nichts regte sich. Josaphat war in seiner Werkstatt mit Hannah beschäftigt und hatte wohl keinen Gedanken mehr für sie übrig.

„Komm schon, los!", sagte er zu Simone und huschte aus der Tür. „Nimm deine Sachen und mach schnell!"

Simone packte ihre Hirtentasche und folgte ihm leise. Sie schlichen zum Hinterausgang des kleinen Hofes, wo sie direkt ins Freie gelangen konnten, ohne durch das Haus zu müssen.

„Du wartest hier!", bestimmte Raphael. „Ich hole den Esel. Hoffentlich hat ihm noch niemand das Gepäck abgenommen." Er verschwand um die Ecke des Hauses und ließ Simone zurück. Nach einigen Minuten erschien er wieder mit dem Esel im Schlepptau.

„Los geht's!", sagte er knapp. „Und sei leise. Den anderen Esel habe ich hiergelassen, ein Esel wird uns reichen. Wir holen ihn auf dem Rückweg ab. Und wir müssen uns was Gutes überlegen, wie wir meinen Onkel versöhnen."

Kapitel 13: Spurensuche

Es war schon später Vormittag, als sie aufbrachen. Sie hielten sich zunächst abseits der Hauptstraße und gingen durch enge Gassen, bis sie das westliche Ende der Stadt erreicht hatten.

Am Stadttor begegneten sie ein paar Römern, doch die beachteten sie nicht. So kamen die beiden aus der Stadt hinaus und wandten sich dann dem gut ausgebauten Pfad zu, der zum Wadi Qelt und weiter nach Jerusalem führte. Schweigend gingen sie nebeneinander her auf das Gebirge zu, das vor ihnen lag. Irgendwo in diesen zerklüfteten Tälern musste Kai sein, dachte Simone. Hoffentlich war er noch am Leben.

Rechts und links über dem Einschnitt des Tales konnte Simone zwei prächtige Paläste sehen, die über den Berghängen thronten. Über die Schlucht führte eine geschwungene Brücke, die die beiden Seiten miteinander verband. Raphael hatte bemerkt, worauf sich ihre Aufmerksamkeit richtete, denn er erklärte kurz:

„Diese Paläste hat Herodes gebaut, den sie den ‚Großen' nennen", sagte er verächtlich. „Verglichen mit dem jetzigen Herodes stimmt das ja vielleicht sogar. Der ist nur noch eine Spielfigur des römischen Kaisers."

Er deutete nach oben: „Dort oben gibt es jeden Luxus, den du dir nur vorstellen kannst. Prächtige Gärten und schattige Pavillons, sogar ein Schwimmbad hat er sich bauen lassen. Das hat dann die ganzen Reichen des Landes angezogen. Jeder, der sich für etwas Wichtiges hielt, wollte hier ein Haus haben. Hier haben sich die Reichen und Schönen getroffen. Vor allem, nachdem der römische Herrscher Marcus Antonius diese Oase von Jericho seiner Geliebten Kleopatra zum Geschenk gemacht hat. Herodes hat den ganzen Ort dann von Kleopatra gemietet. Nachdem sie Selbstmord begangen hatte, hat ihm Kaiser Augustus die Regierung über das Gebiet gestattet. Daran konnte man sehen, wer hier wirklich das Sagen hatte. Den einfachen Leuten hat das natürlich nichts genutzt. Auch den Tempel in Jerusalem hat Herodes bauen lassen. Er dachte wohl, dass das Volk ihn dann lieben würde." Er spuckte angewidert aus.

„Hier, in diesem Palast ist er dann auch gestorben. Auf seiner Festung, dem Herodion, da haben sie ihm ein protziges Mausoleum gebaut. Stell dir vor, er wollte, dass zu seiner Sterbestunde zehntausend Männer im Stadion hingerichtet werden, damit alle Familien im Land seinen Tod zu beweinen haben. Als er dann starb, wurde die Hinrichtung kurzerhand abgesagt. Keiner soll ihm nachgeweint haben, hat mein Großvater immer erzählt. Na ja, und jetzt teilen sich seine Söhne das Land, die, die er übriggelassen hat. Zwei seiner eigenen Söhne hat er umbringen lassen, dieser große König."

Nachdem sie die beiden Paläste des Herodes hinter sich gelassen hatten, wurde das Tal schmaler und grub sich immer tiefer in die rotbraunen Bergflanken ein. Man konnte deutlich sehen, dass es ein Flusslauf war, der sich hier durch das Gebirge gegraben hatte. Wenn es regnete, in den Wintermonaten, dann schoss hier ein reißender Fluss hinunter. Aber jetzt hatte es schon eine Weile nicht mehr geregnet, sodass der Talgrund weitgehend ausgetrocknet war. An den Felsen konnte man die Auswaschungen erkennen und runde Kiesel lagen im Flussbett. Steil und kahl zogen sich die Wände des

Tales empor, kaum grüne Pflanzen zeigten sich in dem öden Braun. Nur unten, in den feuchten Stellen und Schlammlöchern, dort, wo sich Wasser befand, gab es grüne Flecken.

Der Weg verlief zumeist in halber Höhe an einem der Felshänge, manchmal überquerte er das Tal in kühn geschwungenen Brücken. Simone staunte immer wieder darüber, wie fortschrittlich die Baukünste der Architekten zu dieser Zeit waren.

„*Ma säh?* – Was ist das?“, fragte sie Raphael und zeigt auf eine Brücke vor ihnen, die offensichtlich zwei Stockwerke hatte.

„Das ist die Wasserleitung, die Herodes hat bauen lassen, um seine Paläste zu bewässern. Sie führt durch das ganze Tal. Hast du noch nicht die Rinnen bemerkt, da oben am Berghang?“

Tatsächlich, wenn Simone genau hinsah, konnte sie im Rotbraun des Gesteins eine hellere Linie erkennen, die sich vom Untergrund etwas abhob. Eine Wasserleitung! Erstaunlich! Wo doch der Rest des Tales so trocken war.

„Wo kommt das Wasser her?“, fragte sie Raphael, aber der verstand sie nicht. Stattdessen bog er jetzt vom befestigten Weg ab und lenkte seinen Esel hinunter in das Flussbett. Hier war es deutlich mühsamer voranzukommen, als auf dem befestigten Weg. Schroffe, hohe Felsen standen rechts und links und immer wieder gab es auch schwierige Passagen, die wie ausgeschliffene Rutschbahnen aussahen und die es hochzuklettern galt. Aber Raphael und sein Esel waren wohl an solche Wege gewohnt, und so ließ sich auch Simone nichts anmerken und lief den beiden hinterher.

Nach einer Weile konnte sie sich aber doch nicht mehr zurückhalten und fragte ihn:

„Warum hast du uns von dem guten Weg runtergeführt?" Sie deutete nach oben an den Berghang, wo der Weg gut zu erkennen war und dann auf den Trampelpfad, auf dem sie sich befanden.

„Es ist sicherer", sagte Raphael, nachdem er verstanden hatte, was sie meinte. „Hier gibt es mehr Möglichkeiten, wo man sich verstecken kann. Auf dem anderen Weg würden wir jedem, der dort unterwegs ist, in die Arme laufen. Und ich bin weder scharf auf Römer noch auf Zeloten."

Das Argument war nicht von der Hand zu weisen, also bemühte sich Simone, mit Raphael und dem Esel Schritt zu halten. Schweigend zogen sie weiter und Simone machte schon wieder die Hitze zu schaffen. „Was für eine verrückte Sache", dachte sie sich. „Da läuft man in einem ausgetrockneten Flussbett und hat Durst und weiter oben am Berghang verläuft eine Wasserleitung für den königlichen Palast."

Plötzlich erstarrte Raphael und lauschte. Dann zog er seinen Esel an der Leine und packte Simone am Ärmel. Er dirigierte beide aus dem Bachbett heraus und steil den Hang hinauf. Dort oben gab es ein paar große Felsblöcke, hinter denen sie sich verstecken konnten. Es war gerade noch rechtzeitig. Jetzt konnte Simone auch das leise Klirren von Metall hören und gedämpfte Stimmen. Da bogen sie auf der gegenüberliegenden Seite des Berghangs um die Ecke: Eine römische Kohorte marschierte in Richtung Jericho über den befestigten Weg, dem sie anfangs auch gefolgt waren.

Simone spähte aufmerksam hinüber. Die römischen Legionäre waren staubbedeckt und gezeichnet von einem Kampf. In manchen der Schilde waren tiefe Kerben von Schwerthieben zu sehen. Manche der Soldaten waren verwundet oder trugen verwundete Kameraden auf Bahren. Aber es musste ein siegreicher Kampf gewesen sein: Die Soldaten waren trotz aller Anstrengung guter Laune, manche scherzten und sie erzählten sich lautstark ihre Erlebnisse der vergangenen Nacht. Nun kam eine Gruppe gefangener Zeloten, die übel zugerichtet waren. Blutbefleckt, manche mit notdürftig verbundenen Gliedern, schleppten sie sich vorwärts. Die Soldaten, die sie bewachten, trieben sie mit Peitschen und Stöcken an, manchmal sogar mit Lanzenstichen.

Simone versuchte, die Gefangenen zu zählen: Es waren vielleicht zehn Männer, ganz genau konnte sie es nicht sehen. Einer der Gefangenen kam ihr bekannt vor: Das war doch dieser Kerl, dieser brutale Zelot, der Kai umbringen wollte und der mit der Fackel in ihr Höhlenloch geleuchtet hatte. Sein Gewand war zerfetzt und mit Flecken von getrocknetem Blut besudelt. Seine Hände waren, wie die der anderen Gefangenen, mit Lederriemen auf den Rücken gebunden, seine Beine hatte man ihm ebenfalls mit Riemen zusammengebunden, damit er nur kleine Schritte machen konnte.

Simone suchte mit ihren Blicken die Gefangenen ab. Keine der gebeugten und geschundenen Gestalten entsprach einem zwölfjährigen Jungen. Kai war nicht unter ihnen. Aber wo war er dann? Und wo war der Rest der Zeloten? Es mussten doch viel mehr gewesen sein. Sie spürte, wie ihr heiß und dann ganz kalt wurde und der Schrecken sich wie eine eiserne

Klammer um sie legte. Waren diese paar Gefangenen die einzigen Überlebenden?

„Wir müssen unbedingt schauen, was mit Kai ist!", flüsterte sie Raphael zu, der natürlich nichts verstand. Er legte den Finger auf den Mund. Als die Römer mit ihren Gefangenen vorüber waren, richtete er sich auf.

„Dein Freund war nicht dabei, oder?", fragte er.

Simone schüttelte traurig den Kopf, zuckte mit den Schultern und sah Raphael fragend an. *„Ma?"*, fragte sie wieder.

„Wir müssen sehen, dass wir den Platz finden, wo es zum Kampf gekommen ist", entschied Raphael. „Aber mach dich auf einen schlimmen Anblick gefasst. Die Römer kennen keine Gnade. Vielleicht werden wir nur noch Tote finden. Wir müssen wieder auf den Weg. Nur so können wir ihren Spuren folgen."

„Also, los!" Simone erhob sich und wollte schon loslaufen, aber Raphael hielt sie zurück.

„Warte! Lass uns noch eine Weile abwarten, bis wir sicher sind, dass keine Nachhut mehr kommt. Wir nutzen die Zeit und essen und trinken etwas."

So verharrten die beiden eine Zeitlang in ihrem Versteck, aber es kam niemand mehr. Das ganze Tal schien verlassen und menschenleer. Endlich erhob sich Raphael.

„Ich glaube, wir sind sicher."

Simone seufzte erleichtert, dass es endlich weiterging. Die ganze Zeit hatte sie sich Sorgen um Kai gemacht und kaum etwas von dem Brot herunterbekommen, das Raphael ihr angeboten hatte. Hoffentlich kamen sie nicht zu spät.

Sie durchquerten das Tal und kletterten auf der anderen Seite hinauf, bis sie den befestigten Pfad erreichten, auf dem sie die Soldaten gesehen hatten. Die Spuren der römischen Kohorte mit ihren Gefangenen konnten sie deutlich erkennen. Immer wieder fanden sie getrocknete Blutflecken auf Steinen, und längs des Weges lagen abgebrochene Pfeile und andere Gegenstände, die die Legionäre weggeworfen hatten. Etwa nach einer halben Stunde hielt Raphael an.

„Warte, hier sind sie abgebogen. Siehst du? Die Spur führt in eines der Nebentäler. Nach Jerusalem durch das Wadi Qelt geht es geradeaus weiter."

Er zögerte einen Moment und blickte das Tal hinauf in Richtung Jerusalem, als schien er nachzudenken. Dann zuckte er leicht mit den Schultern und wandte sich wieder Simone zu.

„Also, los, schauen wir, wo die Spur herkommt. Oder sollen wir doch lieber umkehren?"

Simone schüttelte den Kopf. Komme was wolle, sie musste Kai finden. Aber was wäre, wenn er tot war? Simone spürte wieder den Kloß im Hals und musste schlucken.

Die Spur führte sie auf eine große Felswand zu, in der, als sie sich näherten, ein schmaler Durchgang zum Vorschein kam, als hätte ein urzeitlicher Riese die Felsen mit einer Axt gespalten. Kurz darauf weitete sich die Spalte zu einem Nebental, das von hohen Felsen umgeben war.

Raphael blieb stehen und schnüffelte. Nun roch auch Simone einen deutlichen Brandgeruch und nachdem sie um eine Biegung gekommen waren, sahen sie das Bild der Verwüstung.

Simone hatte schon Bilder von Kriegen in den Fernsehnachrichten gesehen. Aber das war etwas anderes. Auf einmal stand sie mittendrin. Sie sah von Schwerthieben zerfetzte Leiber, verkohltes und noch leicht rauchendes Holz, Blut, zerbrochene Waffen – und Fliegen, jede Menge Fliegen, für die das Ganze ein Fest schien. Simone spürte, wie es ihr schwarz vor den Augen wurde. Sie konnte nichts dagegen tun, ihre Beine sanken ihr weg.

Sie spürte etwas Nasses in ihrem Gesicht und öffnete wieder die Augen. Ihr war speiübel.

„Komm, trink was. Hier ist Wasser", sagte Raphael, der ihr schon etwas Wasser übers Gesicht gegossen hatte.

„Ich hab dich gewarnt. Ich hab mich umgesehen", fügte er hinzu, „hier sind nur Erwachsene. Keine Kinder, verstehst du, keine Kinder! Dein Freund ist nicht dabei. Vielleicht konnte er entkommen. Vielleicht war er schon gar nicht mehr im Lager, als der Kampf losging."

Simone holte tief Luft und versuchte, sich zu erheben. Ihre Knie waren weich wie Pudding. Sie nahm sich zusammen und sah sich um. Was für ein grauenhafter Ort. Überall lagen Tote, von Pfeilen durchbohrt oder mit klaffenden Schwertwunden.

„Ich will hier weg!", flüsterte sie.

Raphael schien zumindest den Sinn zu verstehen. Er nickte. „Aber erst müssen wir uns noch genauer umsehen, damit wir wirklich sicher gehen, dass dein Freund nicht hier ist. Soll ich das machen?"

Simone schüttelte den Kopf. Keinesfalls wollte sie hier alleine bei all den Leichen sitzen bleiben. „Ich komme mit dir!", sagte sie entschlossen und nahm ihn am Arm.

Sie durchkämmten das ganze Lager oder das, was davon übriggeblieben war. Sie schauten unter Zeltplanen und Packsäcke, es war nichts zu sehen von Kai. Allmählich begann Simone, wieder Hoffnung zu schöpfen. Dass sie hier nichts von Kai fanden, konnte ja ein gutes Zeichen sein. Vielleicht war es ihm gelungen, zu entkommen. Aber wo war er dann?

Gerade wollte sie Raphael zu verstehen geben, dass sie die Suche einstellen sollten, da sah sie auf einmal einen hellen Lichtreflex im Augenwinkel. Sie schaute hin und musste den Kopf etwas hin und her bewegen, bis sie es wieder sah. Da blitzte etwas im Sonnenlicht auf. Dort, auf dem Boden vor einer Felsspalte. Simone lief hin.

Auf dem Boden lag ein kleines, silbernes Kaugummipapier. Simones Herz machte fast einen Luftsprung. Wenn etwas nicht in diese Zeit gehörte, dann war es ein silbernes Kaugummipapier. Also konnte es nur von Kai sein. „Raphael, schau!“, rief sie aufgeregt und wedelte mit dem Stückchen Papier. „Kai war hier!“

Raphael nahm das Papier vorsichtig in die Hand und betrachtete es staunend von allen Seiten. Was war das? Noch nie hatte er so etwas gesehen. Es sah aus wie ein kostbarer Silberschmuck, aber es war ganz leicht und weich. Simone nahm ihm das Papier aus der Hand, knüllte es zusammen und steckte es unter ihr Gewand.

Komisch, sie fand es anscheinend nicht ungewöhnlich und hielt es wohl auch nicht für wertvoll, wenn sie so achtlos damit umging. „Was für ein seltsames Mädchen“, dachte er wieder.

„Was ist das?“, fragte er sie verständnislos. Jetzt erst wurde Simone sein Erstaunen bewusst. Wie sollte sie ihm das erklären?

„Von Kai“, sagte sie nur.

„Kai, aha.“ Raphael fragte nicht weiter.

Simone untersuchte die Felsspalte. Sie ging einige Meter in die Felswand hinein. Vielleicht hatte er sich hier versteckt. Wieder erschrak sie: Da waren einige braune Flecken auf dem Boden und an einer der Felswände. Das war Blut!

„Hier ist Blut!“, rief sie Raphael zu, der ihr in den Spalt folgte. „Er ist verletzt! Sie haben ihn verletzt!“

Raphael kam und sah sich die Blutflecken an. „Es ist nicht sehr viel Blut“, versuchte er Simone zu beruhigen. „Das sieht nicht nach einer tödlichen Verletzung aus. Ich glaube nicht, dass es ihn schwer erwischt hat.“

„Aber er blutet!“, unterbrach ihn Simone besorgt. „Vielleicht hat er sich irgendwo verkrochen und jetzt verblutet er langsam.“ In ihrer Phantasie malte sie sich aus, wie Kai irgendwo in einer Spalte hockte und langsam das Blut aus seiner Wunde sickerte und wie mit dem Blut genauso langsam das Leben aus ihm wich.

Raphael untersuchte die Spalte sorgfältig. „Hier geht es nirgendwo weiter. Er muss die Spalte dort verlassen haben, wo wir reingekommen sind.“ Er versuchte seiner Stimme einen zuversichtlichen Klang zu geben: „Er kann nicht so schwer verletzt sein. Er ist aus eigener Kraft hier verschwunden.“

Simone hoffte inständig, dass er Recht hatte. Aber jetzt war Kai weg. Wo könnte er hingegangen sein? Simone überlegte. Kai war also vielleicht doch noch am Leben. Nein, er musste einfach am Leben sein! Und wenn er nicht hier irgendwo war, dann musste er das Wadi Qelt in der anderen

Richtung verlassen haben, denn sonst wäre er ihnen begegnet. Nach Jerusalem also.

„Jerusalem!", sagte sie zu Raphael. „Kai muss nach Jerusalem gegangen sein. Los, nichts wie hinterher!"

Raphael hatte schnell verstanden. Er seufzte und band seinen Esel los. „Also gehen wir nach Jerusalem. Hoffentlich findest du da, was du suchst."

Kapitel 14: Jerusalem

Einige Stunden vorher, am frühen Morgen: Während Simone noch auf ihrem Schlaflager bei Raphaels Verwandten so langsam wach wurde und Raphael mit seinem Onkel über ihr Vorhaben im Wadi Qelt stritt, während sich die Römer im zerstörten Lager der Zeloten für den Aufbruch rüsteten, kauerten Kai und der bedrohliche jüdische Rebell noch immer regungslos in ihrem Versteck.

Kai hatte eine schreckliche Nacht hinter sich. Der Zelot hatte ihn tiefer in die Spalte gezogen und ihm dabei sein Messer an die Kehle gehalten. „Kein Mucks! Verstehst du? Mir kommt es auf einen mehr oder weniger nicht an, dem ich den Hals durchschneide. Und damit du weißt, mit wem du es zu tun hast: Ich bin Barrabas!"

Der Schein einer Fackel kam immer näher. Es war einer der römischen Legionäre, die die Gegend nach versteckten Zeloten absuchten. Wenn er direkt vor der Felsspalte stand und hineinleuchtete, dann würde er sie entdecken. Nur noch wenige Schritte, dann musste es so weit sein. Barrabas presste Kai seine linke Hand auf den Mund und fasste mit der anderen Hand sein schweres Messer zwischen Daumen und Zeigefinger an der Klinge, um es dem Legionär entgegenschleudern zu können. Er drückte Kai zu Boden und schob sein Knie über ihn, um ihn unten zu halten. Kai hatte Mühe, zu atmen. Er fühlte, wie ihm etwas warm und feucht aus Barrabas Ärmel aufs Gesicht tropfte: Blut! Barrabas musste verletzt sein. Aber gleichzeitig spürte er, dass dieser entschlossene Kämpfer nie aufgeben würde. Da müssten ihn die Römer schon töten.

Der Moment der Anspannung wollte nicht enden. Gleich würde es geschehen: Der Soldat würde in den Spalt leuchten und Barrabas würde sein Messer schleudern. Einer würde sterben. Oder sie alle. Kai schloss die Augen und versuchte, sich so klein wie möglich zu machen. Aber da ertönte auf einmal im Lager ein Trompetensignal. Der Lichtschein bewegte sich nicht mehr weiter. Der Römer hielt inne, bei einem erneuten Trompetensignal drehte er ab und ging zum Lager zurück.

Den Rest der Nacht hatte Kai mit Barrabas in ihrem Versteck ausgeharrt. Der kräftige Zelot ließ ihn etwas lockerer, aber er schob Kai nach hinten in die enge Spalte. Dort gab es kein Entkommen. Kai wagte nicht, einen Ton von sich zu geben, denn Barrabas hielt die ganze Zeit sein Messer bereit. Es war ihm wie eine Ewigkeit vorgekommen. Er wurde immer müder, aber die Furcht und die Anspannung ließen ihn keine Ruhe finden. Er wagte kaum, sich zu bewegen. Seine Gedanken rasten in seinem Kopf wild durcheinander. Wenn er nur irgendetwas tun könnte, um sich zu befreien. Ob Simone auf seiner Spur war? Wenn er sich ihr nur irgendwie bemerkbar machen könnte. Eine Spur legen, irgendein Zeichen. Er grübelte vor sich hin.

„Vielleicht habe ich etwas in meiner Hosentasche?“, überlegte er. Vorsichtig veränderte er seine Position, um die Hand unter das Gewand zu schieben. Barrabas reagierte nicht darauf. Seine Hand wanderte weiter und erreichte die Hosentasche. Da war nichts. Doch, halt, er fühlte etwas. Es war ein altes Kaugummipapier, das er in der Hosentasche vergessen hatte. Er nahm es in die Hand und umschloss es fest.

Endlich, als sich blaugrau der Morgen ankündigte, ging für Kai die schrecklichste Nacht zu Ende, die er je erlebt hatte. Die Römer brachen mit der Morgendämmerung auf. Barrabas und Kai verharrten noch eine gefühlte Ewigkeit in ihrer unbequemen Position, dann schob ihn Barrabas vor sich her aus der Spalte, immer das Messer an seinem Hals. Als sie am Eingang der Spalte waren, ließ Kai unbemerkt das Kaugummipapier aus seiner Hand rutschen. „Es ist aussichtslos", dachte er. „Aber ich habe es wenigstens versucht."

Nun war es heller Morgen geworden und Kai trottete müde neben Barrabas her, der inzwischen sein Messer weggesteckt hatte. An Flucht war sowieso nicht zu denken. Wo hätte er hinlaufen sollen, ohne Wasser und ohne Orientierung? Nachdem die Anspannung der Nacht gewichen war, war Barrabas freundlicher geworden.

„Mir liegt nichts daran, ein Kind umzubringen", grummelte er. „Wenn ich auch aus dem, was mir Samuel erzählt hat, nicht ganz schlau geworden bin. Du verstehst mich, aber du bist stumm, stimmt das?" Kai beeilte sich, zu nicken und einige unverständliche Laute von sich zu geben.

„Na, egal, du kannst mir vielleicht noch nützen. Wenn ich einen kleinen Burschen wie dich in Begleitung habe, dann falle ich weniger auf."

Schweigend gingen sie eine Weile nebeneinander her, dann fragte Barrabas:

„Warst du schon mal in Jerusalem?"

Kai schüttelte den Kopf. Da ging es also hin, nach Jerusalem. Wie hatte er sich auf diese berühmte Stadt gefreut, die ihm wie aus dem Märchen erschien. Jetzt sollte er also Jerusalem sehen.

„Jerusalem sehen und dann sterben", schoss es ihm durch den Kopf. Wo hatte er diesen Spruch schon mal gehört? Oder hieß es anders? Auf jeden Fall war das kein beruhigender Gedanke. Was hatte Barrabas vor? Und wozu brauchte er ihn? Kai hatte Durst und die Sonne war schon am Morgen gnadenlos heiß. Die Gedanken wirbelten wieder wild in seinem Kopf durcheinander: „Sterben, Durst, Simone, Jerusalem, Jesus …".

„Es ist nicht mehr weit, da oben ist Ain-Qelt, die Quelle, da können wir etwas trinken", riss ihn die Stimme von Barrabas aus seinen Gedanken. Trinken! Das gab ihm wieder Mut und Kai strengte sich an, das Tempo zu erhöhen. Als sie eine kleine Anhöhe erreichten, glaubte er zu träumen: Vor ihm öffnete sich ein schmaler Einschnitt, in dem alles in üppigem Grün erstrahlte. Schilfrohr, Papyruspflanzen, kleine Büsche und Kletterpflanzen, die sich über die Felsen rankten. Und unten sprudelte ein klarer Quellbach. Kai jauchzte und rannte zum Wasser, um sich mit beiden Händen etwas zum Trinken zu schöpfen. Er goss sich das Wasser über den Kopf, dann warf er sich mit voller Länge in den flachen Bach. Wasser – was für ein Wunder! Hier, mitten im trockenen Wadi Qelt. Unfassbar.

Kai war so überwältigt von dem Anblick, dass er fast den Zeloten vergessen hätte, der ihn hierher gebracht hatte und der ihn auch jetzt nicht aus den Augen ließ. Aber er konnte ein leichtes Schmunzeln auf dem harten Gesicht erkennen. Nun beugte sich auch Barrabas zum Wasser hinunter und trank mit langen Zügen.

„So, das reicht. Wir müssen weiter. Ich will vor der Mittagshitze in Jerusalem sein. Trink noch mal, denn das ist das einzige Wasser, das wir bekommen bis Jerusalem."

Kai tat, wie Barrabas ihm befohlen hatte und trank noch einmal ausgiebig. Als er die Quelle und den kleinen Bach genauer betrachtete, konnte er erkennen, dass das Wasser in eine steinerne Wasserleitung geleitet wurde. Eine flache, gemauerte Rinne zog sich mit leichtem Gefälle das Tal hinunter. Beim Aufstieg war sie ihm nicht aufgefallen. Wohl hatte er gelegentlich die Mauern und Brücken gesehen, aber nie im Leben wäre er auf die Idee gekommen, dahinter eine Wasserleitung zu vermuten. Aber Kai hatte keine Zeit mehr, sich noch weiter Gedanken über die Technik zu machen, denn Barrabas drängte ihn.

Sie marschierten weiter, der Weg führte sie über felsige Hügel und Kuppen immer bergauf. Nach einer langen Pause des Schweigens begann Barrabas auf einmal zu sprechen, mehr zu sich selbst als zu Kai:

„Bald ist Pessach. Pilatus, dieser Verbrecher, wird in der Stadt sein. Ich werde ihn umbringen. Das bin ich schon meinen Kameraden schuldig. Ich werde sie rächen. Und du, mein Junge, wirst mir dabei helfen."

Kai starrte ihn erschrocken und mit weit aufgerissenen Augen an. Pilatus. Pontius Pilatus, der römische Statthalter – natürlich, Kai erinnerte sich an das Gespräch, das er aufgeschnappt hatte, als sie bei Elias, dem Aussätzigen waren. Und jetzt dämmerte es ihm, warum ihm der Name Barrabas so bekannt vorkam. Pilatus und Barrabas, beide kamen in der Bibel vor, als Jesus verurteilt und hingerichtet wurde. In der Bibel stand, dass Pilatus Jesus freilassen wollte, so wie es einem Brauch am Pessachfest entsprach. Aber eine aufgewiegelte Menge wollte nicht. Sie wollten den anderen – Barrabas!

Kai überlegte. Das Pessachfest stand kurz bevor. Was für ein Tag war heute? Kai hatte nach all den aufregenden Ereignissen ein wenig die zeitliche Orientierung verloren. Es musste Mittwoch sein oder vielleicht auch schon Donnerstag? Er versuchte, sich zu erinnern. Diese Tage vor dem Pessachfest im Jahr 30, das war die Schicksalswoche für Jesus und seine Jünger.[27] Hier entschied sich alles für das spätere Christentum. Der Donnerstag war wichtig. Am Donnerstag in der Nacht würde Jesus am Ölberg von den Tempelwachen gefangen genommen werden. Und am Freitagnachmittag würde Pilatus das Urteil verkünden: „Kreuzigt ihn!" Und Barrabas würde freigelassen.[28] Aber Barrabas stand noch neben ihm. Sehr frei und sehr gefährlich. Voller finsterer Pläne, den römischen Statthalter zu ermorden. Wie konnte das zusammenpassen? Plötzlich kam Kai eine Idee.

***

„Die Sonne ist so heiß!", stöhnte Simone. „Es ist sicher schon Nachmittag. Können wir nicht eine Weile anhalten? Oder kommen wir nicht wenigstens irgendwie an diese Wasserleitung ran?" Aber Raphael verstand sie nicht und lächelte sie nur freundlich an.

„Bald sind wir an der Quelle", sagte er. „Du wirst staunen."

Simone staunte tatsächlich, nicht anders als Kai, der nur wenige Stunden vor ihnen dort war. Es gab hier tatsächlich eine frische, sprudelnde Quelle. Jetzt war ihr klar, wo das Wasser herkam, das durch die Wasserleitung floss. Was für ein Gegensatz: Auf der einen Seite die trostlose, heiße Wüste, auf der anderen Seite eine frische, grüne Quelle. Sie löschten ihren Durst und füllten die Wassersäcke auf, dann mahnte Raphael zum Aufbruch. Es lag noch ein anstrengender Fußmarsch von mindestens zwei Stunden vor ihnen.

Das Gelände war nun nicht mehr so schroff und steil, es waren eher sanfte, steinige Kuppen und Geröllhänge, über die sie ihren Weg suchten. Endlich erreichten sie eine kleine Anhöhe und dann blickten sie auf eine der großartigsten Städte der Welt: Jerusalem! Simone war erleichtert. Endlich hatten sie es geschafft, sie waren kurz vor Jerusalem, der heiligen Stadt, über die es so viele Geschichten gab. Doch dann machte sie sich klar, dass sie ja noch nicht am Ziel war. Kai war ihr Ziel, ihn musste sie finden. Und trotzdem fühlte sie sich ein wenig sicherer, als sie die mächtigen Mauern vor sich aufragen sah.

Der Tempel erstrahlte hell im Sonnenlicht und überragte mit seinem riesigen Tempelareal den nordöstlichen Teil der Stadt, auf den sie zugingen. Der Anblick war überwältigend. Nie hätte Simone es für möglich gehalten, dass es in dieser Zeit schon solche prachtvollen Gebäude gab. Das hoch aufragende Heiligtum war mit Goldplatten geschmückt, spitze, goldene Stäbe krönten die Tempelzinnen. Das ganze Bauwerk war aus weißen, leuchtenden Steinquadern gefertigt, die zusammen mit dem Gold einen überirdischen Eindruck vermittelten. Sie konnte feine Rauchsäulen erkennen, die vom Innenhof in den Himmel zogen. Rings um den Tempel weitete sich der Vorhof der Heiden, von langen Säulenhallen umgeben. Nach Süden hin wurde er schließlich von einer gigantischen Säulenhalle mit mehreren Stockwerken abgeschlossen. Nach Norden grenzte eine Festung mit zwei mächtigen, dicken Türmen an das Tempelgelände an. Mengen von Menschen bewegten sich auf dem Tempelplatz.

„Wir müssen hier über den Ölberg hinunter ins Tal, dann können wir dort durch das Tor des Erbarmens[29] gehen – siehst du diese Pforte unterhalb des Tempels? Da kommt man direkt auf den Tempelplatz. Und dort wird einmal der Messias einziehen, so heißt es“, sagte Raphael. „Alle hoffen auf den Messias, wenn wir es doch nur erleben könnten. Gerade jetzt, wo die Römer unser ganzes Land besetzt halten.“

Simone nickte. Zu gerne würde sie Raphael erzählen, dass der Messias, auf den alle warteten, genau jetzt in Jerusalem war. Aber sie wusste nicht, wie sie es sagen sollte. Sie dachte noch einmal über ihren letzten Gedanken nach. Wenn am Freitagabend das Pessachfest begann, dann musste genau heute die Geschichte von Jesus ihren entscheidenden Wendepunkt erhalten. Heute war Donnerstag.

Sie blickte hinüber zur Stadt Jerusalem. Am Fuß des Hügels, den sie gerade hinuntergingen, zu ihrer Linken, war eine Anpflanzung von lauter Ölbäumen. Sie rief sich die Karte von Jerusalem noch einmal ins Gedächtnis, die sie zu Hause studiert hatte. Diese Ölbäume, die mussten zum Garten Gethsemane gehören, dort, wo Jesus sich in der Nacht aufhielt, als er verraten und gefangengenommen wurde.[30] Neugierig spähte sie hinüber, aber kein Mensch war dort zwischen den Bäumen zu erkennen. Simone versuchte, am Stand der Sonne, die Tageszeit abzuschätzen: Es musste ungefähr vier Uhr nachmittags sein. So nah war sie der Geschichte aus dem Neuen Testament noch nie gewesen. Irgendwo in der Stadt hielt sich jetzt also Jesus auf und heute Nacht würde er hierherkommen, an den Ölberg. Doch jetzt mussten sie erst einmal Kai finden.

***

Einige Stunden vorher war auch Kai mit Barrabas an der Stadtmauer von Jerusalem angekommen. Sie nahmen allerdings nicht den normalen Weg, der direkt durch das Goldene Tor in die Stadt führte, sondern bogen vor der Stadtmauer nach links ab und gingen über schmale Wege an der Mauer entlang talabwärts und dann wieder hinauf bis an ihr westliches Ende. Dort gelangten sie unbehelligt durch das Essenertor und in das Essenerviertel.

Barrabas kannte sich aus in der verwinkelten Stadt. Zielstrebig durchquerte er das Viertel aus engen Gassen und schlug den Weg bergab in Richtung der alten Unterstadt ein. „Wo gehen wir nur hin?“, fragte sich Kai. „Ich muss irgendetwas tun, damit die Römer auf uns aufmerksam werden. Dann können sie Barrabas festnehmen.“ Aber Barrabas schob ihn unaufhaltsam weiter, bis sie sich an einem niedrigen Hauseingang direkt an der Stadtmauer im ältesten und heruntergekommensten Teil der Stadt befanden. Es roch scharf nach Ammoniak und Urin. Vor den Häusern standen Gestelle, auf denen Tierhäute aufgehängt waren. Manche waren fast noch frisch, andere schon gegerbt und gefärbt. Sie befanden sich bei einer Gerberei.

Barrabas klopfte mit dem selben Klopfzeichen an die Tür, das Kai schon bei Elias gehört hatte: zweimal kurz mit dem Knöchel und zweimal dumpf mit der Faust. Es dauerte eine Weile, bis die Tür geöffnet wurde. Ein Mann im mittleren Alter mit einem spärlichen Bart und einer grauen, ungesunden Gesichtsfarbe öffnete. Seine Augen waren gerötet und er hustete trocken und heftig. Als er ausgehustet hatte, fragte er mit belegter Stimme: „Wer seid ihr? Was wollt ihr von mir?"

„Bist du Lamech, der Gerber?", fragte Barrabas.

„Na, wie seh ich wohl aus? Wie König Herodes? Und riechts hier nach Parfüm?", entgegnete der Angesprochene, ohne die Frage wirklich zu beantworten. „Und mit wem hab ich die Ehre? Wollt ihr was kaufen?"

„Ich bin Barrabas", stellte sich der Zelot vor, „du wirst vielleicht schon von mir gehört haben."

Kai konnte sehen, wie der Gerber noch grauer im Gesicht wurde. Der Name Barrabas hatte seine Wirkung nicht verfehlt.

„Kommt rein, schnell!", sagte Lamech mit unterdrückter Stimme. Er zog sie nach innen und schloss die Tür. Er führte sie in einen kleinen Innenhof, in dem mehrere flache Polster lagen.

„Setzt euch!", lud er sie ein und verschwand für eine kurze Zeit. Als er zurückkam, brachte er einen Krug mit Wein und drei Becher. Barrabas schenkte sich ein und leerte in einem langen Zug den Becher. Dann erzählte er knapp, was im Wadi Qelt geschehen war.

„Mich haben sie übersehen", schloss er seine Geschichte, „und das wird ihnen noch leidtun. Der Name Barrabas wird für alle Zeit unvergessen sein.“ Lamech füllte ihm seinen Becher wieder und Barrabas erhob ihn mit einem triumphierenden Lächeln.

„Wenn du wüsstest, wie recht du hast – nur nicht so, wie du es glaubst“, dachte Kai bei sich.

Mit einem Mal fiel Barrabas auf, dass er Kai fast vergessen hatte. Er goss einen weiteren Becher Wein ein und reichte ihn dem Jungen.

„Komm, trink!“ Dann erklärte er Lamech, dass die Zeloten Kai gefangengenommen hatten und er ihn als Geisel verwendet hatte. „Vielleicht kann er mir noch nützlich sein, damit ich näher an Pilatus rankomme.“

Kai nippte ein wenig an seinem Becher. Der Wein war stark und es schüttelte ihn. Er setzte den Becher wieder ab. Barrabas dagegen hatte den seinen schon wieder geleert, ließ sich zum dritten Mal einschenken und trank mit kräftigen Zügen.

„Das hat mir gefehlt in den letzten Tagen, ein guter Wein!“

Der Alkohol zeigte schon erste Wirkungen, Barrabas begann, mit seinen Taten zu prahlen. Lamech goss ihm gerade zum vierten Mal ein, da sah Kai, dass Barrabas die Augen verdrehte, schwankte und vornüber mit dem Gesicht auf den Boden fiel. Dort blieb er liegen und röchelte. Kai sprang entsetzt auf. Was war geschehen? Lamech packte ihn am Handgelenk und zog ihn zu sich.

„Sei still! Mach keine Dummheiten! Dir wird nichts geschehen. Er schläft nur.“

Er hatte gerade aufgehört zu reden, da öffnete sich hinter ihrem Rücken eine Tür und eine ältere Frau kam heraus.

„Das war ja leichter, als ich gedacht hatte. Wenn der gewusst hätte, dass 200 Denare[31] auf ihn ausgesetzt sind, dann hätte er nicht so mit seinem Namen geprahlt. Wie viel Schlafmittel hast du in den Wein getan, Lamech?"

„Er wird für eine Weile benommen sein", antwortete der, „aber du solltest dich trotzdem beeilen. Lauf zur Festung Antonia und sage, dass wir ihnen Barrabas ausliefern."

Die Frau verschwand so schnell wie sie aufgetaucht war. Kai blieb bei dem Gerber sitzen, denn er traute sich nicht, einfach wegzulaufen. Diesem Mann war nicht zu trauen. Er hatte einen seiner Volksgenossen für Geld an die Römer verraten, wer weiß, zu was er noch im Stande war.

Es dauerte vielleicht eine halbe Stunde, als von draußen laute Schritte zu hören waren. Eine römische Kohorte. Die Tür flog auf und ein Dekurio[32] mit zehn Legionären drängte herein. Er sah den Gerber voller Verachtung an und warf ihm einen ledernen Beutel mit klingenden Münzen hin. Ohne ein Wort zu sagen drehte er sich um und befahl seinen Soldaten, den am Boden liegenden Zeloten zu fesseln. Sie banden Barrabas Arme und Beine zusammen und hängten ihn dann, wie ein erlegtes Beutetier, an eine lange Stange, die vorne und hinten von je drei Soldaten getragen wurde.

Jetzt erst entdeckte der Hauptmann Kai.

„Was ist das für ein Junge?", fragte er Lamech in scharfem Ton. „Der gehört nicht zu dir!?"

Lamech verneinte und erzählte, dass Kai der Begleiter von Barrabas sei. „Barrabas hatte ihn als Geisel dabei. Er meinte, er sei vielleicht das Kind eines Römers. Er sollte euch auch noch ein paar Denare wert sein, oder?“, fügte er in einschmeichelndem Ton hinzu.

„Wir nehmen ihn mit!“, entschied der Hauptmann und zu Lamech gewandt sagte er: „Du kannst froh sein, dass wir dir dein Leben schenken. An deiner Stelle würde ich schauen, dass ich ganz schnell weit wegkomme, bevor deine Landsleute merken, dass du ein Verräter bist.“

Einem Soldaten befahl er, Kai eine Handfessel anzulegen, dann verließ die ganze Gruppe mit ihren Gefangenen das Haus. Innen rieb sich der Gerber Lamech zufrieden die Hände.

In schnellem Schritt ging es hinauf in Richtung des Tempels und dann an der Westmauer entlang durch prachtvolle Marktstraßen zu der hoch aufragenden Burg Antonia, die direkt an den Tempelplatz gebaut war. Die Römer konnten so genau verfolgen, was auf dem Tempelgelände vor sich ging. Für die Juden war die Burg ein Grund mehr, warum sie die Römer hassten. Zwar war sie ursprünglich von jüdischen Herrschern errichtet und von Herodes zu einem Palast ausgebaut worden. Aber seit die Römer darin residierten, entweihte sie ihren heiligen Tempel. Ebenso die Feldzeichen der römischen Legionen, auf denen Bilder des Kaisers oder von fremden Gottheiten abgebildet waren. Besonders Pontius Pilatus hatte sich Feinde gemacht, als er seine Legionäre mitsamt ihren Standarten im Tempelvorhof aufmarschieren ließ. Das verstanden die Menschen in Jerusalem als Anmaßung und schlimmste Gotteslästerung.

In der Burg wurde der noch immer betäubte Barrabas von mehreren Bewachern in Gewahrsam genommen und in eines der tiefen Verliese gebracht. Kai wurde von einem Legionär gepackt und vor den Zenturio geschleift.

„Was machen wir mit dem Burschen?", fragte er.

„Steck ihn in die Zelle im Keller zu den leichten Fällen, den Dieben und Bettlern", sagte der Zenturio. „Warten wir erst ab, was wir für Befehle bekommen. Bring ihn weg."

Der Legionär nahm Kai am Kragen und schob ihn vor sich her eine Steintreppe hinunter in die Kellergewölbe. Er öffnete eine verriegelte Tür und stieß ihn hinein. Kai stolperte und schlug der Länge nach auf den feuchten Steinfußboden. Irgendjemand lachte.

Kapitel 15: Die römische Festung

Simone und Raphael waren vom Ölberg abgestiegen, sie hatten das Kidrontal überquert und standen nun vor dem Goldenen Tor, dem östlichen Zugang zum Tempelgelände. Zahlreiche Menschen strömten hinein und heraus und die beiden Kinder drängten sich mitsamt ihrem Esel hinein. Ein dunkles, kühles Bogengewölbe empfing sie, dann führten flache Stufen hinauf auf den Tempelplatz. Nach der Kühle des Gewölbes schlug ihnen jetzt heiß die Nachmittagssonne entgegen, als sie auf dem weiten Vorhof der Heiden ankamen.

Simone staunte: Was für ein buntes Durcheinander. Menschen liefen hin und her, beladen mit Waren, manche trieben Schafe oder Esel vor sich her. Zerlumpte Bettler saßen an vielen Ecken, vor allem an den Zugängen zum Tempel, und bettelten die Pilger um Almosen an. Reiche Handelsleute schritten würdevoll über den Platz, von eifrigen Adjutanten umgeben, die einfachen Leute machten ihnen ehrerbietig den Weg frei. Simone konnte alle möglichen Sprachen und Dialekte hören. Menschen aus allen Ecken des römischen Reiches redeten durcheinander. Dazwischen patrouillierten immer wieder kleine Gruppen von römischen Soldaten, die aufmerksam und misstrauisch die Menschen und das vielfältige Treiben beobachteten.

Simone hatte keine Ahnung, wo sie hier nach Kai suchen sollte. Wo könnte er hingegangen sein? Aber sicherlich war er nicht allein. Sie musste davon ausgehen, dass er immer noch in der Hand einiger Zeloten war. Wo also würden sie mit ihm hingehen? Simone überlegte, was sie Raphael fragen könnte, aber sie hatte keine Idee, wie sie ihm ihre Gedanken klarmachen konnte. So sah sie ihn nur fragend an und er zuckte mit den Schultern.

Raphael blieb eine Weile stehen, seinen Esel eng an der Leine, und ließ seinen Blick über das Tempelgelände wandern. Auch er war sich unschlüssig, was sie nun unternehmen sollten, nachdem sie hier in Jerusalem angelangt waren. „Diesen Kai hier zu finden, ist wie nach einer Münze im Wüstensand zu suchen", dachte er bei sich. Andererseits waren sie so weit gekommen, jetzt konnten sie nicht aufgeben. Mit einem Mal dachte er an seinen Onkel in Jericho, mit dem er sich wegen Simone gestritten hatte. Das würde einen riesigen Ärger geben, wenn sie wieder zurückkamen. „Hoffentlich finden wir diesen Kai, damit sich der Ungehorsam wenigstens gelohnt hat."

„Ich denke, wir gehen hier durch die königliche Halle und dann die Treppen hinunter in die Stadt", entschied er. „Wir können ja die Händler fragen, ob sie einen Jungen gesehen haben, der von ein paar Zeloten begleitet war", schlug er vor, wenig überzeugt, dass dies wirklich weiterführen würde. Aber irgendwo mussten sie ja anfangen.

Sie betraten die mächtige Säulenhalle am südlichen Ende des Tempelberges. Hier war es angenehm schattig, aber es herrschte ein geschäftiger Lärm. In der Halle boten Händler und Kaufleute ihre Waren an. Hunderte von Stimmen redeten durcheinander, die unterschiedlichsten Düfte drangen in ihre Nase. Mal waren es die herrlichsten Gewürze, dann wieder der durchdringende Gestank von Fäkalien, mal roch es nach frisch zubereitetem Essen, wenige Schritte weiter nach verwesendem Fleisch.

Sie drängten sich durch die Reihen der Marktstände hindurch und erreichten die große Treppe an der Westmauer, die in die Stadt hinunterführte. Raphael wählte eine der Gassen, die in die Oberstadt führte und Simone musste aufpassen, dass sie ihn zwischen all den Menschen nicht verlor. Immer wieder sprach Raphael Händler an und fragte sie nach einem Jungen und seinen zelotischen Begleitern. Aber jedes Mal erntete er nur Kopfschütteln.

Wo sollten sie in diesem Gewimmel nach Kai suchen? Die Stadt kam ihr vor wie ein Ameisenhaufen. Durch das bevorstehende Pessachfest waren unzählige Pilger nach Jerusalem gekommen, die dort ihr Pessachlamm schlachten wollten.

Mit jedem Schritt, den sie weiter in die Stadt hineinmachten, sank ihr Mut, irgendwo Kai zu entdecken. Wenn er denn überhaupt hier war.

„Was jetzt?", rief sie zu Raphael, der plötzlich die Richtung gewechselt hatte und sich nach Norden wendete. „Wo gehst du jetzt hin? Hey, wart doch mal!" Sie zog ihn an seinem Gewand. Raphael hielt an und drehte sich zu ihr um.

„Mir ist eingefallen, dass hier in Jerusalem entfernte Verwandte von meiner Mutter leben. Es müssen schon alte Leute sein, aber da kann ich wenigstens den Esel unterstellen. Der behindert uns hier nur. Dann machen wir uns weiter auf die Suche."

Simone blieb nichts weiter übrig, als ihm zu folgen. Raphael bog mal in die eine, mal in die andere Gasse ein. Für Simone sah es überall ziemlich ähnlich aus. Irgendwie hatte sie das Gefühl, sie bewegten sich im Kreis. Ob Raphael wirklich wusste, wo er hinwollte?

Nachdem sie eine gefühlte Ewigkeit hin und her durch alle möglichen Gässchen gelaufen waren und Simone schon langsam sauer wurde, hielt Raphael an einem markanten Eingang an, der von zwei korinthischen Säulen umrahmt war. Simone kam dieses Tor irgendwie bekannt vor.

„Weißt du was", sagte sie schnippisch, „ich glaube, du hast dich verlaufen. Hier sind wir jetzt bestimmt schon dreimal vorbeigekommen."

„Hm", grübelte Raphael, der ihre Bemerkung nicht verstanden hatte, „ich erinnere mich nicht mehr, wo das war. Früher, als ich mal dort war, sah alles irgendwie anders aus. Ich glaube, wir müssen weiter nach Osten." Simone zuckte die Schultern und folgte ihm.

Die Straße machte eine Biegung und lief auf ein mächtiges Gebäude zu. Davor lag ein freier Platz, auf dem sich viele Menschen aufhielten. Sie sah, dass Raphael ausspuckte. Als sie ihn fragend und etwas missbilligend ansah, erklärte er: „Das ist die verdammte Burg Antonia. Hier sitzt die römische Legion mitten im Herzen von Jerusalem. Wie lange noch wird unser Gott das mitansehen?"

***

Kai rappelte sich auf. Um ihn herum sammelten sich einige erbärmliche Gestalten. Es waren alte Männer, Kinder und Jugendliche mit schmierigen Haaren und vor Schmutz starrenden Kleidern. Es stank nach Pisse und Kot. Im Hintergrund, im dämmrigen Licht, konnte er noch mehr Menschen erkennen. Sie saßen teilnahmslos an die Wand gelehnt mit leerem Blick und ausgemergelten Gesichtern. Andere lagen in Lumpen gehüllt auf dem feuchten Boden und schliefen.

„Sieh an, ein Neuer!“, hörte er eine höhnische Stimme über ihm.

„Willkommen im Totenreich!“, sagte ein anderer.

„Wie heißt du?“, wollte ein Junge wissen, der etwa so groß war wie Kai. Sein Gesicht sah aus wie das eines Alten und an seinem Körper konnte Kai Striemen und blaue Flecken von vielen Stockschlägen erkennen.

Kai beschloss, die Rolle des Stummen aufzugeben. Das half jetzt auch nichts mehr.

„Kai“, sagte er.

„Bartholomäus“, stellte sich der Junge vor. „Mach dir keine Hoffnungen, in ein paar Wochen siehst du so aus wie wir alle hier. Jeder von uns wartet auf seinen Prozess. Die Römer haben Zeit, viel Zeit. Jeder, der hier verreckt, ist einer weniger, der ihnen Arbeit macht. Such dir einen Platz“, forderte er Kai auf und hockte sich dann wieder zu einer Gruppe von Leuten an die Wand.

Kai sah sich um. Der Raum war vielleicht zehn mal zwölf Meter groß und es mussten ungefähr 20 Menschen sein, die hier eingesperrt waren. Betten gab es nicht, auch keine Stühle oder Tische. Einige schmutzige Decken lagen herum, die meisten der Menschen hatten sich in Decken oder Lumpen eingewickelt und einige Fetzen unter sich auf dem Boden ausgebreitet. In einer Ecke des Raumes saß niemand, sie diente offensichtlich als Toilette. Das erklärte auch den heftigen Gestank.

Der ganze Raum war in ein fahles Licht getaucht, das von außen, von einem schmalen, vergitterten Fenster in etwa zwei

Meter Höhe kam. In die Wand unter dem Fenster waren in mühsamer Arbeit einige schmale Trittfugen eingekratzt worden, damit man zum Fenster hinaufsteigen und hinausblicken konnte. Manche der Gefangenen, die noch etwas kräftiger waren, kletterten zum Fenster hoch und hielten sich eine Weile an den Gitterstäben. So konnten sie für einige Atemzüge frische Luft bekommen und einen Blick in die Freiheit werfen.

Kai ging zum Fenster und wartete geduldig, bis einer der Gefangenen, der gerade herausgeschaut hatte, ihm Platz machte. Nachdem dieser hinabgestiegen war, half er Kai. Er stütze ihn von unten ab, bis Kai das Gitter ergreifen konnte und sich hochzog. Seine Füße standen auf zwei schmalen Einkerbungen, lange würde er sich so nicht halten können. Er blickte hinaus und atmete tief die frische Luft ein. Er konnte eine Straße erkennen, durch die die Leute strömten. Weiter nach rechts weitete sie sich zu einem Platz aus. Von vielen Passanten sah er nur Beine und Bäuche, nur wenn sie etwas weiter entfernt waren, konnte er mehr erkennen. Gegenüber, auf der anderen Straßenseite, befanden sich Häuser und davor Verkaufsstände mit Lebensmitteln.

Er wandte den Kopf nach rechts und erstarrte. Da war Simone! Sie lief einem Kerl hinterher mit einem Esel und entfernte sich gerade aus seinem Blickfeld.

„Simone!“, schrie Kai. „Simone! Hier bin ich! Warte!“

Er zog sich noch enger an das Gitter, um Simone wieder in den Blick zu bekommen. Sie hatte ihn nicht gehört. Sie ging weiter.

„Simone!“, brüllte er noch einmal, dann rutschten ihm die Füße weg und er stürzte hinunter.

„War da was?“ Simone stutzte. Sie glaubte, in all dem Gewimmel und Geschrei auf einmal ihren Namen gehört zu haben. Sie lauschte und schüttelte den Kopf. Nein, sie musste sich getäuscht haben. Eine Einbildung. Während sie weiterging, nagte aber der Gedanke weiter an ihr. „Ich habe doch deutlich meinen Namen gehört. Wenn es nun Kai war?“

Simone hielt an. „Warte mal!“, rief sie zu Raphael.

Der stoppte, schien aber gar nicht erfreut. „Was ist denn jetzt schon wieder?“, murrte er. Er wollte weiter und endlich das Haus seiner Verwandten finden und er war genervt, dass es ihm nicht so gelingen wollte, wie er sich das vorstellte.

„He, was machst du denn jetzt?“

Simone hatte sich umgedreht und ging zögernd einige Schritte zurück. Wo war dieser Ruf hergekommen? Und warum hörte sie jetzt nichts mehr?

Kai hatte sich wieder gefangen und kletterte so schnell er konnte wieder hinauf an das Gitter. Jetzt sah er Simone wieder auf dem Platz. Sie war zurückgekommen!

„Simone!“, schrie er nochmal aus Leibeskräften. Etliche Menschen auf der Straße drehten sich um. Jetzt hatte es auch Simone gehört. Sie lauschte und drehte sich hin und her, um zu begreifen, woher die Stimme kam.

„Simone! Hier bin ich, im Verlies. In der Burg Antonia! Hier unten!“

Nun hatte sie die Richtung erfasst und kam in die Straße gelaufen, in der sein Fenster lag. Hinter ihr sah er diesen Jungen mit schwarzen Haaren und einem Esel.

„Hier, Simone!“, rief er noch einmal. „Hier unten! Das Fenster!“

„Kai! Endlich! Ich habe dich so gesucht. Ich hatte schon fast die Hoffnung aufgegeben."

„Und ich erst. Ich dachte, ich komme nie zurück."

„Du hast dein Armband verloren." Sie ging zu dem Esel, griff in eine Hirtentasche, die auf dessen Rücken festgebunden war und wühlte darin herum. Endlich hatte sie das Armband gefunden. Sie kniete sich direkt an die vergitterte Fensteröffnung und Kai streckte seinen Arm heraus. Mit einem leisen Klicken schloss sich das Armband um sein Handgelenk, und Kai rutschte unvermittelt wieder hinunter ins Dunkle, weil er sich mit einer Hand nicht genügend halten konnte.

Die Menschen im Verlies waren inzwischen alle aufgestanden und bildeten einen erstaunten Halbkreis um ihn herum. Was für ein seltsames Geschehen. Was für eine seltsame Sprache. Sie waren neugierig, was nun passieren würde und sie halfen Kai wieder hinauf ans Fenster.

„Hast du meine Zeitmaschine dabei?", fragt Kai.

Simone nickte. Sie wendete sich ab und ging wieder zu dem fremden Jungen mit dem Esel, der die ganze Szene mit erstaunten Augen beobachtet hatte. Simone knotete ihre Tasche vom Esel los und öffnete sie. Vorsichtig stopfte sie den schmalen, schwarzen Rucksack durch die Gitterstäbe.

Raphael verstand nicht, was hier vor sich ging. Aber er wollte Simone unbedingt behilflich sein. So zog er seinen Esel ganz dicht vor das Fenster, damit er Simone verdeckte und die vorbeigehenden Menschen nicht sehen konnten, dass hier etwas Verbotenes im Gange war. Denn dass es verboten war, dessen war er sich sicher. Hoffentlich kamen jetzt keine römischen Soldaten vorbei.

Kai hatte sich wieder auf den Kellerboden zurückgelassen und atmete erst einmal tief durch. Seine Arme schmerzten und er war außer Atem, aber das war jetzt egal. Er hatte seine Zeitmaschine wieder. Hoffentlich war sie in Ordnung. Er öffnete den Rucksack und holte die Brille heraus. Als er die verspiegelte Brille aufsetzte, wichen die Leute erschrocken zurück. Er spürte, dass sie Angst bekamen. Hoffentlich taten sie jetzt nichts Unüberlegtes.

„Setz auch deinen Rucksack auf und die Brille!“, rief er zu Simone nach oben.

Simone legte den Rucksack an und nahm die Brille in die Hand. Dann hielt sie einen Moment inne. Sie ging auf Raphael zu, umarmte ihn und drückte ihm einen Kuss auf die Backe.

„Danke für alles! Ich werde dich nie vergessen.“

Dann setzte sie die Brille auf. Es dauerte einige Sekunden, dann konnte sie das große, blaue Display vor sich aufleuchten sehen. Gleichzeitig nahm sie Raphaels verwirrten und erschreckten Blick wahr. Nun erschienen die Zahlen, Kai hatte die Zeitmaschine gestartet. Sie wollte noch etwas zu Raphael sagen, sich noch ausführlicher verabschieden, aber da erwischte sie der Strudel und sie wurde mitgerissen.

Raphael brauchte eine ganze Weile, bis er sich gefangen hatte.

Was war das gewesen? Wo war auf einmal das fremde Mädchen? Er hörte erschreckte Schreie aus dem Verließ und er hatte ein Gefühl, als wäre ihm schwindelig. Er tastete hinter sich nach seinem Esel, der ihm Halt gab.

„Ich habe gerade etwas erlebt, das nicht sein kann", sagte er zu sich. „Das muss ein Wunder gewesen sein. Wer war dieses Mädchen? War sie ein Engel?"

Raphael beschloss, dass dies die vernünftigste Lösung sein musste. Er hatte soeben die Begegnung mit einem Engel gehabt. Elia fiel ihm ein. Elia[33], der Prophet in den Heiligen Schriften. Der wurde auch von Gott auf einmal entrückt. Verschwand einfach. Wie Simone. Ob Gott sie gesandt hatte? Aber warum zu ihm? Und wer war dieser Kai? Fragen über Fragen, die sich Raphael nicht erklären konnte. Er fasste sich an die Backe. Der Kuss war jedenfalls ganz real gewesen.

Raphael wusste nicht, wie lange er so dagestanden hatte, an seinen Esel gelehnt. Die Nacht dämmerte schon, als endlich wieder Bewegung in ihn kam.

Langsam, wie im Traum, ging er die Straße weiter, in der er sich befand, in Richtung des Tempels. Vor der großen Haupttreppe band er seinen Esel an. Nachdenklich stieg er die Stufen hinauf und ging über den Vorhof der Heiden. Er setzte sich auf die großen Stufen vor dem Tempel. Der Platz hatte sich geleert, es waren kaum mehr Menschen zu sehen. Immer noch war er zutiefst verwirrt und versuchte Klarheit in seine Gedanken zu bringen. Es wurde dunkel und am Himmel ging der Mond auf. Raphael starrte in den Mond. Morgen würde Vollmond sein. Morgen bei Sonnenuntergang würden alle Pessach feiern.

Auf einmal kam er sich furchtbar einsam vor. Er saß hier alleine vor dem Tempel, weit weg von seiner Familie. „Ich muss morgen wieder zurück nach Jericho, bevor Pessach beginnt."

Worauf hatte er sich da nur eingelassen? Es kam ihm wie eine vollkommen absurde Geschichte vor. Da hatte er ein fremdes Mädchen begleitet, das von irgendwo hergekommen war und nun war sie plötzlich verschwunden nach irgendwo hin.

„Was für seltsame Dinge geschehen hier in Jerusalem?", fragte er sich. Er war immer noch verwirrt und aufgewühlt.

Von der Königshalle her sah er eine Schar bewaffneter Männer kommen mit Fackeln. Die Tempelgarde. Angeführt wurde sie von einem Menschen in einfacher Kleidung, wie ein Bauer oder Fischer. Die Gruppe ging über den Tempelplatz in Richtung des Goldenen Tors und weiter zum Garten Gethsemane[34].

Anmerkungen

1 Wikipedia-Eintrag: https://de.wikipedia.org/wiki/Jesus_von_Nazaret (zuletzt abgerufen am 05.08.2024). Im Text etwas gekürzt und vereinfacht.

2 Dionysius Exiguus: Ein mittelalterlicher Mönch, der um das Jahr 525 die christliche Zeitrechnung einführte, die mit dem Geburtsjahr Jesu als Jahr 1 beginnen sollte.

3 Sol invictus: Der unbesiegbare Sonnengott. Er wurde im Römischen Reich bei der Wintersonnenwende verehrt. Der Termin dieses Festes, das um den 24.12. herum gefeiert wurde, wurde von den Christen übernommen und zum Christfest gemacht.

4 Jesus war das Licht der Welt, das in die Finsternis scheint, damit die Menschen gerettet werden. So steht es im Johannesevangelium, Joh 1,5+9.

5 Bekleidung: Kinder trugen in der Regel eine einfache Tunika aus gewebtem Stoff, in den rechts und links vom Halsausschnitt ein Zierstreifen eingewebt war.

6 Quelle: Klaus Scherberich (Hg.), Neues Testament und Antike Kultur, Band 2: Familie – Gesellschaft – Wirtschaft, Neukirchen 2005, S. 45.

7 Kleine Hommage an Douglas Adams „Per Anhalter durch die Galaxis".

8 Levi: Einer der Jünger Jesu, vor der Begegnung mit Jesus war er Zolleinnehmer (Markus 2,14).

9 Sepphoris: Eine Stadt in Galiläa in der Nähe von Nazareth. Wegen eines Aufstandes der Bevölkerung gegen die römische Bevormundung wurde sie 4 v. Chr. in einer Strafaktion von den Römern vernichtet und so jeder Widerstand im Keim erstickt. Später wurde sie wieder aufgebaut und zu einem römischen Stützpunkt gemacht.

10 Synagoge von Kapernaum: Eine Synagoge ist der Gottesdienstraum der Juden, so wie die Kirche bei den Christen. Die Synagoge von Kapernaum wurde von Archäologen ausgegraben. Die älteren Schichten zeigen, dass sie schon zur Zeit Jesu dort stand.

11 Ein Rabbi ist ein jüdischer (Religions-)Lehrer, der Menschen im jüdischen Glauben, aber auch in vielen praktischen Fragen des Lebens unterrichtet. Heutzutage hat ein Rabbi die Aufgabe eines Pfarrers, er leitet eine Gemeinde.

12 2. Mose 21,16.

13 Grabhöhlen bei Gergesa: Vgl. Matthäus 8,28–34. Jesus heilt zwei Besessene, die sich in Grabhöhlen nahe des Sees Genezareth aufhalten.

Der Name des Ortes ist umstritten, geographisch wahrscheinlich ist Gergesa (heute: Kursi), das in manchen Handschriften genannt wird.

14 Die Zeloten waren eine jüdische Widerstandsgruppe, die einen bewaffneten Kampf gegen die Römer und solche Juden führte, die mit den römischen Besatzern zusammenarbeiteten. Heute würde man sie als Terrorgruppe bezeichnen. Sie waren streng religiös und sahen deshalb die römischen Eindringlinge als Verunreinigung des Heiligen Landes an. Die Zeloten erwarteten den Messias als militärischen Anführer, unter dessen Führung die Römer aus dem Land getrieben würden.

15 Nachtwache: Zur Zeit Jesu unterteilte man die Nacht in drei Nachtwachen, die ab Sonnenuntergang gezählt wurden und jeweils vier Stunden dauerten.

16 Ein Ossuar (von lat. os = Knochen) ist ein Knochensarg. Wenn ein Leichnam nach Jahren vollkommen verwest und nur noch die Knochen übrig waren, wurden diese in kleine, oft steinerne Truhen umgebettet.

17 Text in Auszügen aus Jesaia 9,1–6 nach der Übersetzung der BasisBibel.

18 Text in Auszügen aus Jesaia 29,18 (BasisBibel).

19 Schabbat: Mit dem Sonntag beginnt die Woche in der jüdischen Zeitrechnung. Schabbat ist der siebte Tag der Woche, der Samstag. Alle anderen Tage außer dem Schabbat haben im Judentum keinen Namen, sondern werden nur mit Nummern bezeichnet. Die besondere Bedeutung des Schabbat wird mit der priesterschriftlichen Schöpfungserzählung (1. Mose 1,1–2,4a) erklärt. Er ist der letzte Tag der Schöpfung, an dem Gott ruhte. Deshalb soll auch der Mensch ruhen und nicht arbeiten, sondern sich auf Gott besinnen. Nach biblischer Rechnung beginnt ein Tag am Vorabend mit dem Untergang der Sonne und endet wieder, wenn die Sonne das nächste Mal untergeht. Der Schabbat beginnt also am Freitagabend und endet am Samstagabend jeweils bei Sonnenuntergang. Man feiert Gottesdienst in der Synagoge und es gibt ein festliches Essen.

20 Dieser Sonntag wird als Palmsonntag im christlichen Festkalender gefeiert.

21 Lukas 17,11–19 (BasisBibel).

22 Pessach ist ein wichtiges Fest im jüdischen Glauben. Die Menschen erinnern sich an die Errettung des Volkes Israel aus der ägyptischen Sklaverei. Das Fest wird am 14. und 15. Nisan gefeiert, am Tag des Frühjahrsvollmonds.

23 Ein Zenturio ist der Anführer einer Hundertschaft römischer Soldaten.

24 „Bar Mizwa" heißt übersetzt „Sohn der Pflicht". Es ist ein Fest, das jeder Junge am Schabbat nach seinem 13. Geburtstag feiert. Dabei wird er in die religöse Gemeinschaft aufgenommen. Von nun an ist er im religiösen Sinne volljährig und für seine Handlungen selbst verantwortlich. Vor der Bar Mizwa bekommt der Junge Unterricht und lernt aus der Tora vorzulesen und die Rituale beim Beten und beim Gottesdienst. Heutzutage gibt es im Judentum auch ein entsprechendes Fest für Mädchen, das nach dem 12. Geburtstag gefeiert wird, die Bat Mizwa (Tochter der Pflicht). Im Christentum gibt es ähnliche Feste: Die Firmung für katholische und die Konfirmation für evangelische Christen.

25 1. Mose 15,5f.

26 Abba: Aramäischer Name für Papa.

27 Nach dem Johannesevangelium wird Jesus am Tag vor dem Passafest, also am 14. Nisan gekreuzigt. In welchem Jahr unserer Zeitrechnung das geschah, wird von der Forschung unterschiedlich beurteilt. Ein mögliches Datum der Kreuzigung ist Freitag, der 7. April im Jahr 30. Dieser Termin wird bei dieser Geschichte zugrunde gelegt.

28 Barrabas: Matthäus 27,15–22.

29 Der hebräische Ausdruck für das Goldene Tor an der Ostseite des Tempelberges.

30 Markus 14,32ff.

31 200 Silber-Denare entsprachen einem Wert von heute ca. 3000–4000 Euro.

32 Dekurio: Anführer über eine Gruppe von zehn Legionären.

33 2. Könige 2,1–11.

34 Sie sind vom Hohen Rat beauftragt, Jesus im Garten Gethsemane gefangen zu nehmen. So erzählen es die Evangelien in der Bibel, z.B. im Markusevangelium 14,43–46. Dar Garten Gethsemane war eine Pflanzung von Olivenbäumen, wo Jesus sich mit seinen Jüngern zurückgezogen hatte. Die christlichen Feiertage Gründonnerstag, Karfreitag und Ostersonntag erinnern uns an diese Ereignisse.

Spannende Leseabenteuer für Kinder und Jugendliche ab 10 Jahren:

Monika Tworuschka
Der vertauschte Buddha
Eine Geschichte zum Buddhismus

Ein Jungenchor aus Deutschland ist auf Konzertreise durch Sri Lanka unterwegs. Als einer der Jungen eine Buddhastatue als Souvenir kauft, geraten sie in die Machenschaften einer Schmugglerbande und werden verfolgt. Was hat es mit der Statue auf sich? Gemeinsam machen sich die Jungen daran, das Geheimnis der Statue zu lüften.

Monika Tworuschka
Ist das nicht Sara?
Eine Geschichte zum Judentum

Irgendetwas stimmt nicht. Als Sarah wie jeden Freitag zu ihrer Großmutter kommt, sitzt diese wie gebannt vor dem Fernsehgerät. Die Live-Übertragung der Trauerfeier für einen israelischen Politiker ist der Beginn einer Spurensuche nach Omas ehemals bester Freundin. Schon bald wird daraus eine spannende Reise in die deutsche Vergangenheit und die Geschichte des Judentums.

Ein kleines Lexikon mit den wichtigsten Begriffen zum Judentum rundet das Buch ab.